やさしさにいだかれて

白石醇平
SHIRAISHI JUNPEI

幻冬舎MC

やさしさにいだかれて

季節の移ろいは早いもので、黄昏時の涼しさを肌にそれとなく感じていた秋の陽気から、寒さが一段と迫る冬へと進み、今年も師走に入り、その中旬が過ぎ去り、間もなく待望のクリスマスイブを数日後に迎える日曜日、石井沙織はいつも通り、由理子の自宅で休日のひと時を過ごしていた。

この年の瀬に来て、沙織は今正に今年一年を顧みていた。これまで自分が辿ってきた人生で、今年は最良の年であった。それは冬寒の気候から春の温もりを感じる季節の変わり目三月に、副社長から突然の呼び出しがかかり、そこから繰り広げられた新進産業創業以来のプロジェクトのプロセス。その内容とは充実感に満ち溢れた、極めて味わい深いものであった。沙織はその恩恵に浴し、身も心も満喫しきっていた。

それは彼女自身が、新進産業株式会社営業本部開拓部門のプロジェクト主要メンバーになり、計画目標の達成を掲げ行ってきたプロジェクトの全容である。新進産業は人材派遣業を営み、この業界では有数の会社である。そしてプロジェクトの進捗状況はこの暮れに来ても今も尚続いている。後は来年年明け早々に、沙織が念願のもう一社の契約のみが残っている。その後このプロジェクトが完結に至れば、四月には晴れて沙織が待ち焦がれた佐藤駿との結婚が迫り来る。その胸膨らむ期待感に安堵の余裕が重なり合って、石井沙織は愛しき中山由理子宅で、寛ぎの夕暮れを迎えていた。

その時突然、テーブルの上に置いてある携帯電話からけたたましくベル音が鳴りだした。リビングのソファーに座り寛いでいた沙織は、（今頃いったい誰だろう）と思い、携帯電話を手に取ったら、相手の電話番号は非通知であった。彼女は取り敢えず通話ボタンを押して相手の電話に、「もしもし」と話しかけた。するとそこから聞こえてきたのは、「あのう、石井課長さんですか」という年配らしき女性の物悲しそうな声であった。沙織にはその声に聞き覚えが全くなかったので「はい、私は石井ですが、何方様でしょうか」と問い質したら、相手の女性はどことなく悲愴感が漂う気配で、声を抑えつつ話してきた。「はい、私は佐藤駿の母です」と言うと、その女性はより一層悲しみが増した様子で、息を小刻みに震わせながら啜り泣き、「今日の昼頃、息子の駿が亡くなりました」と言ってきた。彼女は沙織に伝えて多少ゆとりが持てたのか、幾分落ち着きを取り戻していた。だが聞かされた沙織にしてみれば、正常な状態でいられる筈もなく、もどかしさが募ってきた。

突然、見知らぬ女性からかかってきた電話で知らされた駿の死。それはいったいどういうこと、何故なのか、皆目見当がつかない。そこで彼女は頭の中が混乱して収拾がつかなくなった。でもちょっと待って、佐藤駿が亡くなった、それを駿の母と名乗る女性がわざわざこの私に伝えてきた。それはもはや疑う余地はないまぎれもない事実でしょう。しかし一昨日まで私と彼はともに仕事をしていたのに、そんな筋道が通らない話はない。

沙織は半信半疑になっていた。そして電話から聞こえてくる女性の声は嗚咽が込み上げるのか、声をつまらせ彼が死亡した経緯を訴えてきた。それは、今朝早く駿が友人数名とバイクで北関東方面へツーリングに出かけ、雪が積もった山道を走行中にバイクが転倒し、その勢いで山側斜面に身体もろとも崖にぶつかり、瀕死の状態で救急車で病院へ運ばれたが死亡と診断されたとの説明であった。それを聞いた沙織は、この状況が思ってもみない最悪の知らせなので、その場に立ち尽くし茫然とした。(まさか佐藤駿君が死ぬなんて、何故そんなことになったの。金曜日の夕方まで私と仕事をして、退社時間になり、彼のバイクで私の家まで送ってくれた駿君なのに、そんな筈ない、そんなこと絶対にあり得ない)と心の中で言い切った沙織であった。けれど駿の母から聞かされた彼の死は、確かな事実として受け入れるしかなかった。

沙織は釈然としないが気を取り戻して母親に問い質してみた。「お母様、佐藤君は私が指示した職務を真面目に熟して頂き、いつも助かっています。それが急に亡くなられたと聞かされて私は信じられません。その訳を詳しく教えて頂けますか」と聞くと、彼女から伝えられたより詳細な内容は、駿の友人数名と約束した趣味のツーリングで今朝早く家を出てゆき、関越道の三芳サービスエリアで合流し、それから月夜野方面へ向かい、高速道路を降りて、山道の雪が積もった道路を走行中、バイクのタイヤが滑って山の斜面へ激しくぶち当たり、すぐに救急車で近くの病院へ運ばれて、医者が診断した結果、身体とバイクが略《ほぼ》クラッシュ状態だった為治療できず息を引き取った。死因は出血多量の事故死とのことであった。それを聞いた沙織は居ても立っても居られない状態になっていた。そこで一刻でも早く彼のところへ駆けつけて、この状況を知ろうとして母親に面会を申し出たが、彼女の返答は、(自分はまだ駿には会っていないが、担ぎ込まれた病院の医師からは事故死の為、遺体損傷が激しいので、身内の方は対面する時、覚悟を持って遺体を引き取りに来て下さいと言われたから、取り敢えず遠慮して下さい)との返事であった。そこで沙織はショックの余り、身体全体が脱力感に襲われ全くの無気力状態に陥っていた。

しかし心内では駿を思う気持ちから、悲しみの切なさが弔意となり、更に苛立つ悔しさが込み上げてきた。(駿君が死ぬなんて信じられない。一昨日まであんなに元気だった駿君が死んだ、そんなのうそでしょう。でも駿君のお母さんが言われたのは事実として受け止めるしかない。それでもそんなの信じたくない。しかし何故こんなことになったの、私には駿君がバイクでツーリングに行くとは聞いてなかった。それなのにこの私をほっといて、あなただけが先に死んでしまうなんて、私はいったいどうすればいいのよ。今の私には駿君が頼みの綱であったのに)沙織は急に起きたこの事態に、なすすべもなかった。そして更に、(駿君、あなたは私と結婚する約束をしたわね、それをあなたが破るなんて絶対に駄目です。残された私はこれからどうすればいいの、教えて駿君)と彼に対する思いが心の底から沸々と込み上げてきた。それを耐え忍んでいた。彼との繋がりは五年前会社へ入社してきた新入社員で、沙織がその時新入社員研修教育係として佐藤駿を指導する立場であった。そして半年間の研修が終了し、彼は沙織が所属する営業部に配属され彼女の部下に命じられた。沙織はそこで佐藤駿とともに営業の職務に従事してきた。そして今年度会社が立ち上げたプロジェクトのスタッフに加わり仕事受注の為、会社訪問をして成果を上げてきた。それから半年後の十月、百パーセント近い業務実績が達成された。

そこからスタートした沙織と駿のラブロマンス、それはプロジェクトが一段落ついた十月中旬、沙織は部下たちが勤めてくれた慰労を兼ねて、行きつけの居酒屋で懇親会を開いた。その会席から沙織と駿の恋は始まった。駿にとって上司の沙織は憧れの女性であった。宴席が佳境に入り、同席していた女性二人が帰った後、沙織は会話を楽しむ為酒の相手として佐藤駿を残しておいた。すると彼から思いもしていない熱き告白があった、それを沙織は躊躇いなく受け取った。それが二人を結ぶ絆となった。だが今にして思えばそれは余りにも果敢な過ぎたと感じる。そして今正に二人の繋がりが脆くも崩れ去った瞬間である。沙織は思わず悲痛な叫びを発したくなった。

駿の母親からかかってきた電話を切ると、沙織はすぐに部屋にいる由理子のところへ行き、彼女の胸へ抱き付き大声を張り上げ泣き出した。「ああんー、由理子さん、駿君が亡くなったって、私どうすればいいの」それはまるで幼子が母親に縋り付く様相に思える。沙織にとって今の自分を支えて貰えるのは、母親のように慕っている由理子しかいない。これまで彼女が辿ってきた人生で、心の底から信頼できる人物は中山由理子である。だから恥も外聞も捨てて只管《ひたすら》由理子に縋り付いた。だが彼女にすれば部屋へ入ってきていきなり抱き付かれ驚かされた。でもそこは長年沙織と暮らしてきた経緯があるから、性格は知り尽くしていた。

そこで優しく語りかけた、「ねぇ沙織、私はあなたが駿君に好意を寄せて付き合っていることは薄々感づいていたわ。でもそれ程深い仲になっていたとは知りませんでした」そこで沙織は声をしゃくり上げ泣き顔で頷き、「由理子さんに隠していて本当に御免なさい。私彼にプロポーズされて、来年の四月プロジェクトが終了したら、結婚する約束を交わしました」「あら、そうだったの。そこまで話が進んでいたとは、私気付かなくて御免なさい」「いいえ、私こそ由理子さんに黙っていてすみませんでした。でも結婚することを由理子さんに話さなかったから、私こういう目にあったのかな」「ううん、それは違います。沙織自分を責めてはいけません、人が亡くなるのは誰の責任でもないわ、ごく自然なことと思いなさい」そこで沙織は、一際大きな声で泣きながら、由理子の胸元へ顔を埋めてきた。「沙織泣きなさい、私の胸の中で思いっきり泣けばいい、そして泣き疲れるまで泣きなさい」由理子は沙織の身体をしっかり抱きしめ、泣き果てるまで暫くの間、背中を摩っていた。

由理子にしたら、この緊急事態の重大さを聞かされ、自分としては幾らか戸惑いはあった。しかし沙織の恋愛に関して薄々知っていたのですぐに理解ができた。でも彼女の心内では、沙織は身内同然であるから猶更可哀想に思う。

一頻り泣いていた沙織が落ち着きを取り戻し、おもむろに喋り出してきた。「あのう、由理子さんも知っていると思いますが、会社のプロジェクトが十月に一応終了した時点で、私とともに働てくれたスタッフたちに慰労を兼ねた懇親会を開き、みんなで料理を食べてその後女性たちはお酒を呑まないので先に帰らせ、私と駿君二人だけになった時彼から私に対し、好意を持っていると聞かされました。そして私と結婚したい気持ちを伝えられたわ。でも私は彼より六歳も年上でしょう。だからそれは無理ですってはっきり断ったの。それでも駿君は私への思いが強いのか、結婚することに拘っていました。そこで私は彼に言ったわ、今の私にはプロジェクトの仕事が多忙なので、来年四月になりプロジェクトが完結したなら、駿君との結婚を考えてもいいわ、という返事をしました。すると彼は納得してくれました。私としても駿君は理想の男性だったし、結婚願望があったから満更でもなかったわ。だから結婚に対する迷いなどはありませんでした」

目に涙を潤ませ佐藤駿と結婚の約束を交わした経緯を話した。由理子にしても沙織に好きな彼氏ができて交際している。それは女の勘で気付いていていた。だが今起きたこの不幸な出来事の対処法をどうアドバイスするか、考えが纏まらない。そこで彼女に同情を寄せつつ温和に諭し聞かせた。「沙織、佐藤君は仕事上あなたの為に色々尽くしてくれた彼氏でしょう。私もあなたとの会話の中で駿君のことを言っていたから、付き合っていることは知っていました。だから駿君を亡くした辛さは解ります。でもあなたがそうやってめそめそしていたら、駿君もきっと辛いと思うわ。それこそ沙織が元気を取り戻して、活躍する姿を彼は望んでいます。それが駿君への手向けだと思います。沙織いつまでも泣き腫らしてないで、駿君を哀悼する気持ちになりなさい」「由理子さんはそう言うけれど、駿君にはもう会えないのよ。私に何の断りもなしに死んでしまって、そう思ったら悔しくなる。これから私はどうすればいいの、由理子さん教えて下さい」「沙織さん、あなたには私たち夫婦が付いているでしょう。あなたと出逢ってもう十年が経ちました。その間沙織はずっと私たちと一緒だった。そしてこれからもこの繋がりは続いてゆくの、だからそんなこと心配する必要はありません。あなたは私たちとこの先いつまでも暮らせるの、よく解りましたか」

沙織はまた大声で泣きながら、由理子の胸へ顔を埋めてきた。彼女自身この情景を思い起こせば自分もこうして大声を張り上げて、繁の胸の中で泣き腫らしたことがあった。その時繁は由理子の身体をそっと優しく抱いてくれた。それを今沙織がしたこの身のこなしに思いが浮かんだ。ここで由理子は思う、沙織の場合は人との別れに遭遇した涙、自分の場合は人への憎しみが現われた涙、人それぞれ涙には違いはあるものの、涙を流すとは悲しみと切なさの表れである、と思い、この娘を庇い続けようとして、また暫くの間沙織を抱いていた。

それから数分程時が流れて目を赤く腫らした沙織が、不安げな表情で話しだした。「ねぇ、由理子さん、私これからどうすればいいのよ」「そうね、明日会社へ出勤したら休憩時間に、駿君のお母さんへ電話して、その後の様子を伺って、それでもし駿君の遺体に逢えるようであるなら、お宅へお邪魔してもいいですかって聞いてみなさい。それでどうぞと言われたら、仕事が終わり次第駿君のお宅へ行ってみれば」「由理子さん、私一人ではいや。一緒に行ってくれる、だって駿君が棺に入っている姿を観たら、私どうにかなってしまいそうだから」「沙織さん、解りました、では駿君の家へゆきます。行くことが決まったらすぐにメールを送信して、私の仕事が終わり次第、新宿駅で待ち合わせて、あなたと駿君のお宅へゆきます。それでいいわね」「はい、由理子さん、お願いします」この時由理子は、沙織を一人にはしておけない心持ちであった。外見は大人の女性であっても、未だ心の中身はあどけなさが残る、純真で無邪気な女の子。由理子自身もその心情であるからよく解る。

その時部屋の戸をノックして繁が入ってきた。「あのう、夕食ができましたが」言った途端沙織が、「繁さん、佐藤駿君が亡くなったの」咄嗟に言われても、彼にはその人物が誰だか解らなかった。そこで、「えーと、その方はさっちゃんの彼氏？」聞いてみたら、また泣きだしてしまった。繁は彼女を宥めるようにして、「さっちゃんに彼氏ができて付き合っていることは、由理子さんから前に聞いていたので知っていた。しかし後に残された者にとって、それは辛く悲しいだろうな、私も同情します。でも人が急逝するのは宿命だから致し方ない。今は辛いだろうが、いつしか悲しみが薄らぐ時もきっと来る。それまでの辛抱だ。さっちゃん一人が悲しまなくとも、私たちが君を支えてゆくから、心配することはないです」

話終えると、いきなり繁の胸元へ抱き付いて大声で泣きだした。それは宛も父親に縋り付く、いたいけな娘子に思えてくる。そこで繁は沙織の身体を両腕で包み込んでそっと抱いた。彼にしてみれば、これと同じことを由理子にもした覚えがあった。繁にとってこういうのは余り慣れてない。だが女性が自分にこうして縋り付く、そこには相当意味深いものがある、と察していた。そしてそれがまた彼には喜びとなる。自分はこの歳になるまで、女性から恋しさが募り縋られたことなど殆どなかった。それが高坂由理子と懇意になり愛し合い結婚に至った、それから由理子が招き寄せた縁で、石井沙織が我が家へ来るようになり、一緒に暮らし始めて、そこから芽生えた女性二人に慕われる繋がりを好ましく思っていた。今の彼は妻由理子と結婚して十年余り経過した。その間女性たちにちやほやされながらもともに楽しく暮らしてきた。それは思ってもみなかった夢見心地に感じる。しかし母他界後数十年間は独り身で生きてきた。だから孤独には慣れている。だがこのように娘みたいな女性に抱き付かれると、男と女の隔たりとなる、性に対する感情もすっきり忘れ去る。それが彼の心境であった。

繁は少しの間沙織の身体をじっと抱いていた。だが慣れてないことをしたせいで腕が疲れた。そこで、「さっちゃん、そろそろ夕飯でも食べようか」言うと、「うん、繁さんに抱かれて、私気分が少し落ち着いたわ、由理子さんには申し訳ないけれど、男の人の優しさを感じた」言われた由理子にしてみれば、旦那を引き合いに出されたので、聊《いささ》か気分を害した。しかしそれはそれとして、沙織の気持ちを汲み取り優しく語りかけた。「沙織、繁さんは、あなたを思う一心で抱いてくれたのよ。私も繁さんに縋り付いて、慰めて貰ったことは何度もあります。人は悲しみに落ち込んでいる時、頼れる相手がいてこそ自分が救われるの、繁さんは私たちにとってとても大切な人です」「おいおい、それは余りにもほめ過ぎだよ。俺は君たちが好きだから、させて貰っている」繁にすればそこまで称賛されるとは思いもしていなかった。すると沙織から、「私由理子さん夫妻に巡り合えて助かったわ。こういう出来事が起きた時もし私一人だったら、駿君の死を嘆いて恐らく死んでいたかもしれない。二人に支えて貰い私は駿君の冥福を心から祈ることができます」そこで由理子が慰めの言葉をかけた。「沙織感心しました。駿君のことは月日が流れれば、いつかは思い出として残ります。今は辛いけれど、悲しみをいつまでも引きずらず、未来を見据えて進んでゆけば駿君も喜ぶと思います」この時彼女は沙織に決断する意志の強さを知らされた。それがこの不幸な事態を彼女なりに乗り越えられる。と思った。

するとと繁が待ちくたびれた様子で言ってきた。「あのう、お姉様方、もうお喋りはそれくらいにして、夕飯をお召し上がり下さいませ」「あら、すっかり忘れていた。それであなた、今晩のお料理は何かしら」「はーい、今日の夕食は牛肉のすき焼きに致しました。ではどうぞリビングへいらして下さい」そこで沙織がにこやかに微笑み、「繁さん、有難う、私がこの家に住んで結構経ちました。その間、いつも繁さんにお食事をご馳走になり、私は感謝しております。これからも美味しい料理を食べさせて下さいね」「はーい、さっちゃんの為ならば和洋中華の料理、何でも作ります」「あら、あなた、今日は沙織に随分優しいのね」「いや、いや、違う、由理子さん好みの料理も作りますから」「まぁ、あなたったたら、ご機嫌取るのが上手、でもそこが繁さんのいいところ、沙織さんが好きになるのも解るわ」「それは有難い」そういうと、繁は部屋を出てキッチンへ入った。

二人は言われた通りリビングへ入り、テーブル前の椅子に腰を下した。すると繁が仕込んでおいた、すき焼き用の食材を持ってきて「大分お腹が空いたでしょう」と言うと、テーブルに置いたカセットコンロを着火させ、載せてある鉄板鍋に割り下を入れ、一煮立ちさせ、牛肉を入れて火が通った後に、刻んであった野菜類を入れた。そして蓋をしてから数分経ったところで、蓋を開けると、生卵が入った各自の小鉢へ、出来上がったすき焼きを丁寧に盛り付けてくれた。そこで由理子が、「沙織、繁さんはあなたが好きだから、いつも美味しい料理を作ってくれるの、だから大事にしてあげて下さいね」言われた沙織は頷いて笑みを観せた。しかし由理子は何故彼女にそう言ったのか、そこには彼女の配慮という、旦那に対する心配りがあった。自分も繁と出逢いこれまでに計り知れない程の恩を受けてきた。それは夫婦であるなら当然かもしれない。だが沙織は自分の我が儘で家へ呼び寄せた女性である。世間の常識では赤の他人を家族同様に家へ住まわす、それは聊か道理に叶わない話になる。それを繁は文句も言わず、快く認めてくれた。だから由理子は繁に敬意を称する意味で、沙織に敢えてこの場で言ったのだ。そこには旦那を引き立たせる妻の温情が観て取れる。

彼女が、「頂きます」と言って食べ始めたので、「沙織、味加減はどうですか」聞いたら、「とっても美味しいわ」言われて由理子も食べ始めた。二人が食する姿を観ていた繁が、「こうして君たちを観ていたら、考えさせられることがある。それは人との繋がりがとても尊いと思えるのだ。俺は母が亡くなり、その後数十年間は独り身でいたから、こういう和やかな家族の繋がりは想像もしてなかった。それが由理子さんと結婚して、そしてさっちゃんが家に来るようになり、こんなにもにぎやかな家庭になった。これも君たちが齎せた恵みと思っている、有難う」それは彼の本音といえる。人との繋がりはそれ程簡単にできるものではなく、また容易く切れるものではない。それを重々知っていたから、その言葉が出た。そこで彼は人と繋がる絆の素晴らしさを強調したかった。

三人はテーブルを囲み夕餉をいつも通り味わいながら食べていた。そこには和気藹藹という家族団欒の和やかさが観える。でもこの家の人たちにはそれぞれ拭いきれない過去があった。だからこそこの雰囲気を大切にしたいのだ。人は誰でも辿りゆく人生の中で、相手から悪意を持ってされた、屈辱的な禍を被ったことは何かしらある筈。しかしそれが身に危険を及ぼす災難なら生涯心の傷となり、病的な患いになってしまう。虐めなる非人道的な行為、それは犯罪になる。ここにいる三人もそれらの被害者であった。人は何故悪事を企み、相手を脅威に晒すのか。それは堕落した人間が引き起こす、狂気の沙汰といえる。

我欲に走る無謀な言動、それが人との争い事である。だがそれを拡大すれば、国同士の戦争となる。人間はどういう訳だか、争い事が好きである。それは畜生如き非道の輩が遣る、いやしき悪魔の所業に他ならない。この世に人間として生を受けた使命感とは、お互いに助け合う生き方が正しい。だがそれを人に望むのは甚だ難しい。そもそも人間は欲深いから、自己中心的な考え方で物事を推し進める、それでは相手に対し配慮を怠るのは当然である。しかしこの家の三人にはそんなことを論じる必要はない。何故なら、お互い痛みを分かち合える仲間であるから。

その後和やかな雰囲気の中で会食は続いた。食事中、由理子は沙織を励ます心算で会話をしていたが、彼女は駿の死が相当応えた様子で、いつもよりか塞ぎ込んでいた。沙織にとって、愛しき佐藤駿は結婚の約束を交わした理想の男性である。だが彼が亡くなった知らせを母親から電話で聞かされた時、彼女の心中を察すれば、どれ程苦しみ抜いたか余りある。しかしそれを嘆いたところでどうにもならない。今の自分には心に叶った女性、由理子がいる。更に気持ちよく過せる我が家がある。そんな思いが沙織の心中に宿っていたに相違ない。

三人は食事を食べ終わり、繁がいつも通り食器類の後片付けを済ませると風呂に入った。すると間もなく二人が入ってきたので、繁は慌てふためいた。この女性たちには恥じらいという概念はないのか、と思ったものの、これも沙織を思う由理子の優しさの表れと考えて繁は普段通りに振る舞っていた。こんなことが当然のようにできるのは、彼女たちの意識に男と女の性を隔てる境がないと感じる。それは自分にとって見習うべき教訓である。世間の男らは女性を大凡性の対象にしている。即ち女性は男の所有物とする、不届き千万な了見を持つ輩が多すぎる。でも俺は二人の女性と暮らすようになって性に対する感覚が変えられた。それは女性を敬い尊重する考え方を堅持していると自覚していた。それから風呂を出た三人はリビングで一休みして、その後各々の部屋へ入り同じ頃合いに床に就いた。

夜が明けて月曜日の朝になった。繁は二人より先に起きて、キッチンへ入りみんなが食べる朝食作りに精を出していた。そこへ由理子が入ってきて、「あなた、おはよう、いつも食事を作って頂き有難うございます」「ああ、そんなこと気にしなくてもいいよ、俺は由理子さんが好きだから、これをさせて貰うのだ」「あなたは優しいのね、この恵みを沙織に少しでも分けてあげたいわ」「うん、さっちゃんもきっと、その恩恵を受けていると思うよ」「あら、それはどういうこと」「だって由理子さんに出逢えたあの時から、さっちゃんは君に恩を感じている筈だ」「あら、そうかな、でも私自身、沙織に出逢えたから今があるの、もしあの時、彼女に逢えなければ、私これ程人を思い遣る気持ちにはなれなかったと思う。昨夜も沙織に寄り添って寝たから、あの娘も元気を取り戻したみたい。私沙織と一緒にいる時、何だか母親になった気持ちになるの。この感覚、もしかしたら母性本能なのかしら」「うん俺もそう思うよ、昨日の由理子さんは凛々しかった。さっちゃんの彼氏が亡くなり、悲しんでいる時、それを君が庇う姿を観ていてそう思った。由理子さんは彼女の母親に相応しいよ」

と言うと沙織が部屋から出てきて、「おはようございます。昨日は大変お世話になりました。私もう大丈夫ですから、心配しないで下さい。だっていつまでも悲しんではいられないわ」その言葉を聞いた繁が、「流石、さっちゃんだ、えらい、くよくよしていてもどうしようもない。君には支えとなる守り神、由理子さんが付いている。だから何も恐れることはないです」「あら、それならあなたは何なの、教えてよ」「そうだな、この俺は番犬かな」「へー、何故番犬なの」「うん、みんなが家にいない時、いつも留守番をしているからだ」と切り返すと、沙織が、「面白いことを言うのね繁さんは、でも私はとても嬉しいです。二人に見守って頂き感謝しています。それで昨日由理子さんに言われた通り、今日会社から駿君のお母さんへ連絡を取り、弔問に伺う旨のお話をして了解を得たら、由理子さんと待ち合わせて駿君の家へ行きます」「沙織、解りました。ではあなたからの連絡を待っているわ」

聞いていた繁が、「いいね、君たちは話の呑み込みが早くて、それも若さだろう。羨ましい」

「あらあなたもまだ若いでしょう。だからまだ老け込む歳ではないわよ」「そりゃそうだ。俺は君たちと暮らしていて、若さを取り戻した気がするよ」と共感していた。

そこで由理子がキッチンの壁にある掛け時計を観て、「まぁ、こんな時間だわ、早く食事を頂いて会社へ出勤しなくては、みんなお喋り好きだから、時が経つのも忘れる」その一言で彼女たちは手早く身繕いを済ませリビングへ入ると、テーブルに並べられた、繁が拵《こしら》えた出来立ての温かい朝食を食べ始めた。

そして三人が食事を食べ終わると、女性たちは身支度を整えすぐに職場へ向かって行った。その後繁はみんなが食べ終えた食器類の後片付けを済ませると、脱衣所へ入り自分たちが脱いだ、衣類の洗濯物を全自動の洗濯機に入れて洗濯を開始した。そして時間を見計らい、住まいの掃除とバスルームの清掃に取りかかった。

何故そこまで遣るのか。そこにはそれなりの理由があった。これまで歩んできた彼の人生、それを掻い摘んで話せば、幼少期の頃から感じていた人との縁の薄さ、それは母子家庭の環境で育ってきたからそういう疑問が生じたのだろう。更にまた人は何故生きるのか。そして人が生きる故の使命感と意義の解明など、それらの解けない疑念を抱きつつ歩んできた彼の生い立ち。だがその答えは未だ正解には至っていない。そんな時出逢った高坂由理子、彼女は彼に人の愛し方を教えてくれた。それは彼女の一方的な熱き感情だったかもしれない。しかし彼はそこから学んだのが人を愛する哲学、要するにこんな自分でも、誠意を尽くし愛してくれる女性がいたということだ。それは彼にとって衝撃であった。そして彼女はこの自分を信頼して付いてきた。そこに感動して現在に至っている訳である。だからこのようなことがいとも簡単にできる。人は人との関わりを拒否すれば生きてはゆけない。それが彼の人生哲学となった。相手あっての自分、そこに生き甲斐を見いだせた。彼にとって妻由理子と暮らせることが最上の幸せに繋がっていた。

沙織は会社に着き営業部がある三階まで階段を昇り、真っ先に山本本部長のところへ行くと、彼女の顔を観た部長が、「昨夜石井君からの電話で、佐藤君が急死したと聞かされて驚いたよ、それで今晩君が佐藤君の家へ行って貰えるのかな」「そうですね、まだ彼のお母さんには了解の返事は頂いておりませんが、後で連絡を取りゆく心算です」一応確認報告みたいな返事をしてやったが、沙織は部長の薄情な言い方に聊か腹が立った。しかしそれも致し方ない、この男は上の者に諂う、媚野郎と思ってから然程気にならなかった。それから自分のデスクへゆき、営業書類のパソコン打ちを始めた。やがて仕事が一区切りついたところで腕時計を観たら、十二時近くになっていたので、沙織は席を立ち営業部の隣にある洗面所へ入り、そこで駿の自宅へ携帯電話で連絡を取ってみた。すると電話に出た母親は悲しみを堪えながら快く受け答えてくれた。沙織はそこで彼女に今晩伺う旨を話し伝えたら、了解して貰えたので、直ちに由理子へ今夜駿の家へ行く文面をメール送信した。

そして夕方になり沙織は会社を定時で退社し、由理子と約束した待ち合わせ場所、新宿駅山手線外回りホーム へ向かった。駅に着いた沙織は即刻携帯電話で由理子に連絡した。彼女の返事ではホーム後方にいると言われたから、すぐに階段を駆け上がりホームに行くと、手を振っている姿が観えたので駆け足で近寄り、「わざわざ来て頂いてすみません。それで由理子さんに聞きたいの、何か手土産のようなものを持って行かなくてもいいの」「そうね、今日はお葬式ではないから、駿君が生前好みにしていたものなど如何かしら」「そう言われても、彼とは一緒に暮らしたこともないし、好きな食べ物くらいしか今は思い出せないわ」

と言われて由理子は沙織に憐憫の情を抱いた。連れ合いとなるべき人の急死。そこに結婚の約束を交わしたとしても、伴に暮らしたことがない。今時の男女なら同棲カップルもありうるご時世なのに。それがこの娘はそれもしてこなかった。何とも言いようがない侘しい気持ちになってくる。しかしこれもこの娘が背負った運命、それを補うのが自分の役目と思い、「沙織、駿君への手向けとして花束などどうでしょうか」「うん、それにします」彼女は笑顔で答えてくれた。それが由理子にはせめての救いであった。それから二人は山手線に乗り池袋駅で降りて、彼の自宅がある、西武池袋線の清瀬駅へ向かった。

電車は通勤時間帯だったので、車内は幾らか混雑していた。だが折よく椅子に腰かけることができた。そして三十分程度乗っただろうか、電車は清瀬駅に到着した。そこで沙織が腕時計を観ると、午後六時半を過ぎていた。二人は電車を降りて、駅の改札口を目指して階段を昇った。駅上層階の通路に上がったら沙織が、「駿君のお母さんが言われたのは、電車の進行方向左側に降りて駅前でタクシーに乗り、教えた住所へ行くよう指示されたわ」言われた彼女は頷き、「沙織駅前の商店街で、花屋さんを見つけて駿君の花束を買いなさい」促すと、「うん、そうする」幾分俯き加減で答えた。それを観た由理子は、辛さを隠せぬ沙織の心理状態を知った。だが彼女を労わる気持ちはあっても、慰めとなる言葉は見つからない。しかしこの場ではなにしろ明るく振る舞うのが正解だと思って、「あのう、沙織、駿君の家に伺った後で、この辺りの居酒屋で、一杯呑みましょう」言うと、どういう訳だか、「由理子さん、私、駿君の家へ行きたくない」急に駄々を捏ね始めた。由理子はそこで困惑したが、どうにもならぬ。だが彼女の胸中を察すれば、駄々も捏ねたくなる。これからゆくところは、沙織が一途に愛した彼氏の家。それが急死という、思いもしなかった事情で訪問する。塞ぎ込む彼女の心内によどむ重い空気感、それを由理子は解っているが、でもこの現実を心に確りと受け止めるのもこの娘の役割と思い、「沙織、あなたの辛い気持ちは解ります。でも駿君が急死した。この事実を受け入れるのもあなたなの、愛する人が自分に何も告げずに死んでしまった。その虚しさ悲しさは計り知れないでしょう。しかし昨日繁さんが言ったように、あなたには私たちが付いているわ、だから駿君の家へ行ったら、気丈に振る舞いなさい」するとそれをどう解釈したのか、由理子の左腕にしがみ付いてきた。彼女はそこで考えて、こんな公共の場では私に抱き付きたくとも他人の目が気になると理解して、沙織の背中を右手で優しく撫ぜ回してあげた。それで気持ちに幾らかゆとりが持てたのか、「由理子さん、ありがとう」言うなり、笑顔を観せ機嫌を取り戻していた。

それから二人は駅前の商店街方向へ歩き出し、沙織が花屋で花束を買い求めると、駅前に止まっているタクシーに乗り運転手に指示して、一路佐藤駿の家へ向かった。そして十数分位で駿の自宅へ着いた。彼の家は二階建ての一軒家であった。家の前には葬儀社らしき車が止まっていたので、沙織は取り敢えず門扉を開けて中へ入り、玄関のインターホンブザーを押した。すると間もなく玄関ドアが開いて、中年女性が出てきて軽く会釈をして、「石井課長さんですか、お待ちしておりました。私が佐藤駿の母です」言われて、「はい」と答えたら、「本日はようこそおいで下さいました。駿もきっと喜んでいることでしょう」言った母親の目がしらには涙が滲んでいた。それを観た沙織はさぞかし辛かろうと思い、暫しの間沈黙してから、少しの間が空いたところで由理子を紹介した、「あのう、お母様、この方は私の相談相手、中山由理子さんです」それを聞いた彼女から、「中山さんのことは、駿から聞いておりました。課長さんの親代わりの方だそうですね」言われた由理子にすればどう答えていいのか解らない。しかしこの場では自分の立場をわきまえて、軽く会釈を交わした。

二人は家の中へ入り、母親の案内で八畳程の部屋へ通された。そこにはしめやかに飾られた葬儀祭壇があり、その前方に駿の亡骸が収められた棺が置いてあった。彼女がそこで棺の蓋を静かに開けて、「どうぞ、ごらん下さい」と沙織に言ったので、覗いてみたら、棺の中には納棺師により綺麗に着飾られた佐藤駿の亡骸が、遺品とともに収められていた。そして顔には事故の損傷を隠す為か、肌色の化粧が施されている。その寝顔は正に、安らかな眠りについているといえる、何事もなかったような面差しであった。沙織は駿の亡骸に花束を手向けると、抑えきれない怒りと悔しさが怒涛の如く押し寄せてきた。駿とは一度契りを結んだ間柄であるのにも拘わらず、この私を置き去りにして、こんな姿になってしまった。その怒りの矛先を彼に向けても、何の返答もない。そして私に断りもなく、自分だけあの世へ旅立っていった。それが沙織には悔しくてたまらない。そこに遣る瀬なさが込み上げ、涙が止まらない。駿は何故そんなにも早く死に急いでいたのか。そんな思いが彼女の心中に切々と迫ってきた。

そこで駿の亡骸に向かい、そっと囁いてみた。

（何故私だけを置き去りにして、先に死んでしまったの。あなたは私と結婚する約束を交わし、生涯私を見守ってくれる筈ではなかったの。それなのに結婚の約束を破って、私を一人にしたでしょう。残されたこの私はどうなるのよ。そしてこれから私はどうやって生きてゆけばいいの。あなたが前に言っていたわね。沙織さんは僕より年上だけど、結婚してある程度の年月が経てば、年相応に似合った夫婦でつり合いが取れるって言ったわ。だから最初あなたから結婚の申し出があった時、私は考えあぐねていたけれど、その一言で決心がついた。それなのにあなたは私との結婚を消し去った。駿君、どうしてくれるの、無性に腹が立つ、ねぇちゃんと答えなさいよ。でも生前の駿君は私に忠実で、仕事を真面目に勤めてくれた。今私はあなたに感謝しています。駿君には結構無理なことも言ったわね。しかし石井先輩の為なら、僕苦労は厭いませんって言っていたわ。その言葉を聞いて、私は勇気付けられました。そこであなたを恋しく思ったの。こんな青年が私の彼氏なってくれた。密かな思いを寄せました。駿君、私はあなたに、【さよなら】は絶対に言いません。だって駿君は私の心の中にいつもいるから。あなたはこれからお葬式が済んで、火葬場に行き、身体は焼かれてお骨になるでしょうが。魂だけはいつも私の傍にいて生き続けている。私はそう思っているからね。駿君）

沙織は駿との別れの儀式はいずれ来るだろうが、そこでは駿と二人きりになることはまずないだろうと考えて、この場を最後の別れにして、思いのすべてを語り尽くしきった。でもこっちが幾ら呼びかけても、彼は返事もしない。そして駿の顔を右手で軽く触っても、冷たい肌の感触しか自分には伝わってこなかった。それは沙織にしてみれば辛い悲しみになる。あんなにこの私を慕っていた駿君が、今では棺の中に入り、あの世へ行く旅立つ姿。それが彼女には無性に切なく、更に苛つくもどかしさになってくる。だがしかし人の死に別れ、それは無情な儚さと沙織は悟った。

そんな思いに耽っている時、忙しく立ち回っていた母親が、部屋に入ってきて話しだした。

「あのう、駿から聞いておりましたが、石井課長さんと結婚の約束をしていたそうですね。その話を聞いて、私は嬉しくなりました。息子はこれまで女性とは、お付き合いした経験がなく、そういうことに興味がないのかと思っていました。でも駿から素敵な女性と結婚すると聞かされた時、私は小躍りして喜びました。それで駿が生前話していましたが、石井課長さんへ今度のクリスマスイブに、婚約指輪をプレゼントすると聞きましたので、これが駿の給料で買った、誕生石エメラルドの指輪です。どうぞ駿の志と思ってお受け取り下さい」と言われて差し出された、深紅色のリボンで結んだ、綺麗に包装された小箱を観た瞬間、沙織は心の中で急激に動き回る、稲妻と思しき光が交錯する響きを感じた。駿はそんなにもこの私を恋しかったのか。私の誕生日は五月八日、それを駿君に話した覚えはあった。だから駿君が私に婚約指輪をプレゼントする。その話は前に聞いていた。それがこれ程豪華に包装された婚約指輪を頂けたとは、駿君有難う、私は快く受け取ります。と心中で呟き、手渡された小箱を受け取った。この時彼女は、駿の急死を惜しむ気持ちと哀れみの同情が一緒くたになっていたに違いない。それから駿の葬儀の日程を聞き二人は佐藤家を後にした。

駿の母親から清瀬駅へ行くにはバスがいいと言われたので、数分歩いてバス停へ向かった。二人がバス停へ着いて、沙織が時計を観たら、八時を過ぎていた。バス停の時刻表にはバス到着まで、多少の時間があったから、話し始めた。「ねぇ由理子さん、私駿君の顔を観ていたら、なんとなく寂しい気持ちになったわ。人は死んでしまえば何も残らないのね。今まであんなに元気で活躍していた彼が死ぬと、ひっそりとした静寂のような寂しさだけになる。人はどうして死ぬの、でも生きてればいつかは死ぬ。その理由というか、根拠が解らない。それを由理子さんはどのように思われますか」問われた彼女にすれば、人間存在の理由など、急に聞かれても答えようがなかった。そこで、「沙織、そういうのはね、繁さんが得意なの。だから家へ帰ったら、早速聞いてみたら、繁さんなら、明確な回答を出してくれると思う」答えた。そこには繁の助言により、酷い虐めの悲惨さから自分が救われた、経緯があった。由理子は繁に出逢った当初、職場の甚だしい虐めに苦しみ抜いていた。それを上司である、彼に相談を持ちかけたところ、快く応じてくれた。そこで聞かされた中身には人としての正しい生き方や、それに付随する人生論など、その内容は多岐にわたる重要な話であった。それにより彼女は、今までの自分自身を一掃し、生まれ変わることができた。そして今現在は、幸せな暮らし向きができている。これもすべて繁のお陰と思っている。この貴重な体験談を、由理子は沙織に是非聞かせたかった。すると、「そうなの、だったら早く家へ帰りましょう」言ったので、「ではお酒呑まずに帰りますか」聞くと、沙織は頷いた。

そこにバスが来たので、乗り込み清瀬駅へ向かった。そして清瀬駅に着くと、電車に乗り池袋駅へ向かい、池袋駅で埼京線に乗り換え、板橋駅で降りて、数分歩き我が家へ着いた。

家の中へ入り二人がリビングへ来ると、繁がソファーで毛布を掛けて寝ていたが、彼女たちに気付いた様子で、「やーお帰り、疲れたでしょう」と声をかけてきたから、由理子が、「ねぇ、繁さん、私たちお腹が空いたわ、お食事作って貰えません」言うと、「はい、畏まりました」すぐに応じてキッチンへ入った。そしてお清めをする為、「あなた、お塩貰えるかしら」頼んだら、「うひゃー」素っ頓狂な声を上げた。「あら、変な声出してどうかしたの」聞くと、「いや、ナメクジでも出たのかと思って、吃驚したよ」「ふん、こんな寒い時期に、ナメクジなんか、出る訳ないでしょうが、人騒がせな旦那様！」「えー違ったのか」「清めの塩が欲しいから、お塩貰えるって言ったのに、あなたが勘違いして、変な声を上げたでしょ、だからこっちが驚いたわよ、もうあわてんぼうなのだから」と軽妙な会話のやり取りを観ていた沙織が、「うふふ、繁さんは面白いことを言うのね。私可笑しくて疲れも吹っ飛んだわ」その言葉を待っていたのか、「そりゃよかった、俺が馬鹿げたことを言えば、さっちゃんの疲れも取れると思って言ったんだ」「へー繁さん、でも私が疲れているのをよく解ったわね」「そりゃこの歳になれば、経験というか、それ位はだいたい解るよ。相手を慮る気持ちがあれば、お互いに笑って過ごせる。そんな気楽な人生を送るのが俺の持論なんだ」「それってさっき由理子さんから聞いた。繁さんの人生哲学ね」「えー、人生哲学っていう程ではないよ」「でも私は聞きたくなったわ」そこへ由理子が、「あなた、愚図愚図しないで早くお塩を頂戴。繁さんの悪い癖。すぐにお喋りに夢中になるんだから」叱られたので、「すまん、すまん」言いながら容器に入った、食塩を由理子に渡した。こんな開けっ広げな場面は、この家ではしょっちゅう起きている。それがまた女性たちには楽しみの一つであった。人が辿りゆく人生には、喜怒哀楽の感情から引き起こされる、人間同士のいさかいや対立、そして和解など挙げればきりがない程、厄介な人の柵がある。その面倒臭さを避けて通れないのが人生。それらをここにいる三人はいやという程思い知らされてきた。その学びがあったからこういう和やかな家庭が出来上がった。

それから二人はベランダへ出て互いの服に一つまみの塩をかけ、清めを済ませた。そして部屋へ入りスーツから普段着に着替えて、リビングへ戻ってくると、繁が拵えた料理がテーブルへ運ばれてきた。そのメニューは餡かけ焼きそばである。それを観た沙織が、「美味しそう、早く頂きましょう」言うと、繁がお茶の入った急須にお湯を注ぎながら、「ねぇ、さっちゃん、駿君の家へ行って彼の亡骸に対面できたのかい」聞くと、「うん、会えたわ、でも何も話すことはできなかった。それは当然よね、だって駿君は死んでしまったから」言った彼女は諦めがついた顔つきであった。そこで、「葬儀に由理子さんも出て貰ったら、さっちゃん一人では辛いだろう、どうでしょうか」言うと、由理子が、「いいわよ、沙織一人では心配だから、私も付いて行ってあげる」「じゃーそうしなさい、よかったね」「二人とも有難う、私を気遣って頂き嬉しい。本当のことを言うと、精神的にどうにかなってしまいそうだった。でも今日由理子さんが傍にいたから、何事もなくいられた。駿君が亡くなったのが、これ程深い悲しみになるとは改めて思い知らされたわ。私にとって一番大事な人が亡くなった。それは物凄く辛い出来事です」「沙織同情するわ、あなたの大切な駿君が亡くなった、辛いでしょうね。しかし人との別れは誰にでもいずれは訪れるの。こうしている私たちにもいつか別れは必ず来るわ、死は容赦なくだれかれ問わず訪れるの。だから今この時を精一杯楽しんで過ごすのが、自分たちに与えられた、有意義なひと時と思う。沙織さんは私たちが見守るから安心しなさい」

言うと由理子は、沙織の頬に自分の頬を寄せた。それは彼女を慈しむ、由理子の愛情が向けられた、思い遣る優しさの表現である。人との死別、それが愛する大切な人であったなら、その思いは計り知れない。人の死とは、それ程の影響を及ぼすものである。二人はそれから遅い夕食を食べ始めた。やがて食べ終えると休憩して風呂へ入り、一日動き回った身体を互いに洗い合っていた。その間繁は二人が食べた食器類を洗い終ると、さっさと部屋へ入り寝てしまった。そして風呂から上がった女性たちは、リビングで一休みしてから、部屋へ入り床に就いた。

翌朝になり、起きた女性たちが身支度を整えてリビングに来ると、繁がキッチンで朝食を拵えていた。そこで沙織が、「繁さん、おはよう、昨晩由理子さんに添い寝されたから、体調万全で元気になったわ」言うと、繁が振り向き、「そりゃよかった、さっちゃんに変わりがないのが何よりだ」すると由理子が、「あら、私も体調に変化はないわ」言ったので、「由理子さんの身体に変わりがないことくらい、俺は充分に承知しているよ」「まぁ、どうしてあなたにそれが解るのよ」「そりゃ夫婦だから、君の体調を気遣うのが、亭主の役目だろう」言うと、「まぁー、二人は仲がいいのね、私は一人ぼっちだから寂しいわ」「あら、沙織、またそんなことを言っている、あなたには私たちがいつも付いているでしょ」

「由理子さん、御免なさい、私駿君にまだ未練があるのかな」「沙織、それは解る、でもいつまでも思い悩んでいても、どうしようもないわ。あなたは会社の営業部第一課の女性課長として、活躍している身の上、ですから人様に、余り弱みを観せないほうがいいわよ」「はい解りました」

出来上がった朝食をテーブルに置いた繁が、「君たちは本当に仲がいいね、まるで姉妹みたいだ」「そうよ、私沙織が愛おしくて堪らないの。だってこんな我が儘な女に縋ってくるから、それに干支も一回り上の子年だし、だから気が合うのよ」「そうか、俺もさっちゃんが愛おしく思うよ」「有難う」そう言うと、沙織は繁に近づいて、両手を広げハグを求めてきた。そこで繁は由理子に目配せで了承を得て、「由理子さんの許しが出たから」言って彼女を両腕で包み込んだ。これが然も自然にできるのは、この家族にとっていつもながらの所作にさして変わりない。だが世間の感覚から照らし合わせれば、聊か矛盾が生じる場面となる。他人同士が一つ屋根の下で暮らす。この家の主、由理子繁夫妻ならともかく、そこに石井沙織という、うら若き女性がいる。彼女はこの夫婦とはさしたる由縁はないが、まるで家族同然に振る舞っている。この有様を如何様に捉えるか。それは可なり難題といえる。然るに彼女はそんなことなど気にも留めず、この家庭に馴染親しんでいる。こういう組み合わせをどのように理解するか。それは差し当たり今までの家庭環境から新たに生み出された、家族構成とでもしておこう。

繁が拵えた朝食をみんな揃って食べ始めた。そして食事を食べ終えると、由理子と沙織は、それぞれが身嗜みを整えてから自宅を出て職場へ向かった。

沙織は会社へ着くと、まず先に五階の副社長室へ行き、部下の佐藤駿がバイク事故で急死した、ことのあらましを副社長に話し伝えた。話を聞いた副社長は、沙織を慰めるとともに、労わってくれた。こういう経過に至ったのは、一昨日山本本部長に報告して同時に副社長にも伝えるよう沙織が頼み込んでいた。だが何故彼女は、真っ先に副社長へ伝えたかったのか。そこには沙織がこの会社、新進産業株式会社へ入社して以来、社長夫人比留間美咲副社長を信頼してきた、経緯があった。副社長は沙織にとって、最も近しい存在である。沙織の立場を理解して、女性の地位を高めた副社長。だから彼女は副社長の指示通り従ってきた。副社長に服従することで、営業本部第一課の課長に就任することができた。いわば副社長は恩人である。その後沙織は三階へ降りて、営業部山本本部長のところへ行き、昨晩佐藤駿の家へ訪問して、ご遺体と対面した話をした。これは昨夜山本本部長に電話連絡していたので、沙織に対し労いの同情を寄せてくれた。そして佐藤駿の葬儀日程を伝えてから、自分の部下である、吉田ひろみと橋本沙代子を葬式に、参列させる許可を取った。彼女たちには前もって、メールで葬式の出席を打診しておいた。それから自分のデスクに来て、椅子に座り前を観れば、真向かいがいつもにこやかな笑顔で仕事をしていた彼、佐藤駿のデスクである。その時沙織はなんだか悲しみの涙が、矢鱈と込み上げてきた。

(元気だった彼が、急に亡くなった。この私を置いてきぼりにして死んだ。それも私に何も断りなしに黙って去っていった。【駿君、何故】そうあなたに問い質してみたい、でももうここへは二度と戻ってはこないのね、私は物凄く寂しいです。ねぇ、駿君、何故私を一人ぼっちにさせたの、教えてくれる。私はあなたがいたから、難しい仕事も、意気込み上げて熟すことができた。それなのに駿君が死んでしまったら、この私は遣る気がなくなり、意気消沈してしまうわ。どうしてくれるの、駿君。人はいったい何故死ぬの、そんな難問をあなたに聞いても、解る訳ないでしょうね。駿君もきっと自分が死んだなんて、解ってないでしょう。私がいつもあなたに仕事に関する質問を提示すると、あなたなりに考えた回答をすぐ出してくれた。しかしあなたが、私より先に亡くなる理由は、未だ無回答なの、駿君、どういうことですか。人は生きていればこそ、自分が思い描く、好きなことも難なくできる。それが死んでしまえば、ありきたりに亡骸として葬られるだけ。ですからこの世で人間が生きてゆく役割とは、どういうことか解りますか、それはこの身をフルに生かして、世の中の人々に役立つ貢献をすること、それが人間としての使命感です。だからあなたは生前私に誠実に従ってくれた。それなのにあなたはこの私を置き去りにして、自分だけ先にあの世へ旅立ってしまったわ。駿君その訳教えて、でもそれはもう無理かな）と沙織はそこで一頻り駿に対する思いを心中で呟いていた。

過去を振り返る訳ではないが、彼が自分に尽くしてくれた貢献度は、千万無量にも匹敵する。その彼がこの自分に別れも告げず、無言で去っていってしまった。何故なのか、そこで沙織は人に与えられた命、その命数という寿命期間の根拠を考えてみた。自死はともかく、人は皆自らの命を全うしてこそ、人としての役割が終わる。しかしながら若くして何某かの事情で命を絶たれる、運命の人がいることは確かである。だがその者にとって、それは不意打ちという身への襲来と、そう思うしかないだろう。その為後に残された者にすれば深い悲しみに襲われる。それが人の世の定めというなら致し方がない。でも駿君にはまだ寿命という、生き延びてゆく生命力があった筈。それなのに事故で急死してしまった。それはどういうことか、幾ら考えても答えは出ない。だが考えようによっては、それが駿君の寿命であったと思うほうが、私自身諦めがつく。沙織は駿が死亡したことに関して、死する意味合いを深く探り、その正解を出す、思案の真っただ中に嵌っていた。

明らかに今の彼女は心中に痛手を負っている。突然起きたこの事態に、だから仕事など全く手につかない状況であったに相違ない。しかし若さというのか、ある程度の時間が流れると、何かにとりつかれたように、職務に専念していた。それはこの降りかかってきた、不幸を忘れ去る為なのか。それとも駿の死を、心静かに見守り弔う気持ちになっていたのか。いずれにせよ、彼女は突如として起きたこの出来事を、厳粛に受け止める覚悟ができていた。いつまでもこんなことに対して拘りを持ち続ける、そういうのは不向きであった。物事の切り替えをさらっと交わす気軽さ、そんな気分になれるのも、由理子と伴に暮らしてきた、これまでの歩みがあったからである。

一息ついたところで、気分を一新させる為、洗面所へ行った。そこで腕時計を観ると、もう十二時になっていた。昼の休憩時間である。沙織はトイレに入り用を足したのち休憩室へ行き、昼食を食べることにした。食事は繁が拵えた手作り弁当である。その風味を味わいながら食べ始めた。そんな時心に過ぎった深い愛情を感じた。こうしていつも自分の為に、繁が拵えてくれる手作り弁当。彼は由理子の亭主である。しかし毎日分け隔てなく、私と由理子さんの朝夜の食事を必ず作ってくれる。誠に有難いことである。由理子さんは繁さんの奥さんだから、それ位するのは当然だろうが。この自分は彼から観れば他人同様、それなのに食事作りの手間も惜しまず、拵えてくれる。沙織はそこに繁の真心といえる、情愛を感じ取っていた。思い返せば十年前、由理子さんに誘われて行った居酒屋。そこで出逢った彼、中山繁、酔っ払った由理子の世話をしながら、付いて行った中山家。そこでその晩泊まった。それが縁で今の今まで続いてきたこの家族関係。そしてこの夫妻とともに暮らしてきた十年間、それは彼女にとって、心新たになる門出でもあった。それまで両親から虐待という、酷く虐められた、過去の出来事、そこには正常な観念では起きえない、最悪な没義道があった。そういう無残な目にあってきたことが、彼女の心に強い感受性を芽生えさせた。年の割に沙織は物事に対し敏感なところがある、それが彼女の成長基盤となった。それから沙織は食事を食べ終えると、由理子にメールを送信した、その内容は、(由理子さん、私今晩お酒呑みたい気分です、帰りは遅くなりますか)すると由理子から暫くしてメールが届いた。そこには多分呑めるかもという、曖昧な返事が書き記してあった。

時間は流れて夕方になった。退社時刻である。沙織は仕事が一段落ついたので終わらせ、帰宅の用意をして、西新宿の会社を出てまっすぐ新宿駅へ向かった。そして埼京線に乗り十五分程で板橋駅へ着いた。改札口を出て五分位歩き、由理子の家へ着いたのは、夕暮れ時の六時を過ぎていた。玄関のチャイムを押したら繁が出てきて、「やー、さっちゃんお帰り」快く迎えてくれた。そこで、「由理子さんはもう帰りましたか」聞くと、「ああ、今日は残業するって、さっき電話があった。だからさっちゃんには先に夕飯を食べて下さいって、伝えてって言われた。もう食事はできている。どうかな、私と一緒に夕飯食べますか」聞いたら、沙織は一瞬考え込む様子であったが、「うん、頂きます」言ったので、「ねぇ夕食、由理子さんと食べたかったの」気になって聞いたら、「私がメールで今晩お酒が呑みたいですって送信したのに、残業するなんて」言ってから幾らか落胆したので、「じゃー今晩は、私とお酒を呑みますか」誘いをかけると、「繁さんの好意は有難いけれど、でも私が由理子さんの許可なく二人でお酒を呑んだら、きっと叱られる」「そうか、だったら止すか」繁は沙織の頑な態度に圧倒されたが思い直し、（この娘は由理子を信じ切っている。それはこの自分ですら及ばぬ、純真な心根があるからだ。家内もこの娘と出逢って満足であろう。だがしかし彼女が今抱えている不幸な出来事。それは放っておけぬ事態である。何とかしてこの難儀を救ってあげたい）と思った。そこで、「さっちゃん、先程の電話で由理子さんも言っていたが、あんまり気落ちしては駄目だよ。駿君が急に亡くなったのは悲しいだろうが。人がこの世に生を受ければいずれ死が訪れる。それは自然の法則です。しかし駿君の場合は突然死だったから、残された者にとってみれば、想像を絶するショックであったろう。でも人は神様からこの身を授けて貰った定命という、生きられる期限の定まりがあるのだ。所謂、ろうそくに灯された炎のように、時が経てば消えてゆく灯。唯駿君の場合は、その炎が突然吹き消されたと思うしかない。そこで物事は考えようだ。駿君と出逢えて楽しんだことを喜びに替えた方が、さっちゃんの心に幾らかゆとりができると思うが、どうだろう」と話したら、沙織はそこで暫し考えていたが、「繁さん、確かに好きだった人との死に別れ、それは本当に辛い、でもいつまでもそんなことに囚われていても仕方がないわ。だから今言われた通り、私はこれからゆとりある人生を生きてゆこうと思います。ねぇ、いいでしょう」「君は聞き分けがいいな、頑張りなさい」「はい繁さん、だから私をこれから見守って下さい」「ああいいよ、さっちゃんは解りが早くて賢い」「そんなに私を褒めないで、繁さんの方がもっと賢いでしょ」「そう言われれば、私もこの歳になれば一応、物事に対する諦めの観念は持っている心算だ」「私繁さんと暮らしていてよかった。こんなに私を思っていい話を聞かせてくれる人は、そういないわ」「君には由理子さんというすべてを理解してくれる人がいるでしょう」「うん、でも由理子さんは女性だから、私と同じ女目線でしか物事には対応できないわ。その点繁さんは男性だから、男の考え方が得心できる」「そう思って頂ければ、私はとても嬉しいよ、そこで一先ず夕食が出来ましたので、どうぞ召し上がり下さい」「はーい、では頂くことにします」

言うと沙織は部屋へ入り、すぐに着替えてリビングへ戻ってきた。そこへ繁がキッチンで作り置いた料理を、テーブルへ運んできて、「さっちゃん、今日のメニューは焼肉だよ、これは由理子さんからの頼みでね、君にスタミナをつけるように言われたんだ」「私有難いわ、由理子さんが帰ってきたら、お礼を言わなければ、こんなにして貰って私幸せです」「そうですか」と答えた繁は、焼肉が盛られた皿を沙織の前へ置いた。

それから二人は和やかな会話を楽しみながら、夕餉を味わって食べ始めた。この時繁はふと思った、こういう可愛い娘と自分は、食事を食べて楽しんでいられる。これは正に格別である。妻由理子が呼び寄せた繋がりで、この娘との縁が持てた。それにより俺は至福といえる、喜びが授かった。この歳になりこれ程の法悦を賜るとは、全く想像もしてなかった。繁は自分に与えられたこの境遇に、満足していた。それは彼が辿ってきた人生に染み付いた、過去の生き様が不遇だったから、そのような思いに至ったのだろう。男やもめで暮らしてきたここまでの家庭生活。それは味気ないつまらなさと、ささくれてとげとげしくなった、暮らしぶりであった。それが見違えるように変わってきた、現在の家庭環境。だがこうなってきたことをこじつける訳ではないが、彼にはそれを裏付ける、正当な行いがあった。見ず知らずの人へ無償で奉仕する、ボランティア活動。更に恵まれない人への金銭の援助、それらがあったから、彼の身に功績として蓄えられた、人徳が備わった。それが所謂褒美という二人の女性が彼に恵みを齎せた、物事はその人の受け取り次第で如何様にも変わる、彼の場合は偶然に出逢わせた女性が、略同じ価値観を持っていたから、お互いに好かれるいい関係が出来上がった、でもそうでない場合も世間に多くあるのは確かだ。

沙織がそこで、「ねぇ、繁さん何考えているの」言ったので、「いや、別に何でもないよ」答えると、「うふふ、由理子さんのことを考えていたでしょ、繁さんは生真面目過ぎるわ」「えーどうして」「だって、私っていう女がここにいるのに、由理子さんしか観えてないみたいよ」「そうかな、さっちゃんは面白いことを言うね」（この娘は俺を口説いているのか）勘ぐってみたが、（いやいやそんなことはないだろう）と、己自身に言い聞かせた。ところが今度はどういう訳だか食事の話をしてきた。「ねぇ、こうして料理を食べている時、私いつも思うことがあるの」「それはどんなこと」「繁さんは、毎日由理子さんと私のお食事を拵えてくれるでしょう、そりゃ由理子さんの食事を作るのは、奥さんだから当然かもしれない。でも私は繁さんから観れば他人です。それなのにどうして作ってくれるの」それを聞いた繁は、一瞬不愉快になり、思わず叱り付けた。「さっちゃん、なんていうことを言うのだ、怒るよ、俺は君を一度たりとも他人とは思っていない、変なことを言わないで欲しい」その時彼の形相は怒りに満ちていた。そこで沙織が、「繁さん、怒らないで下さい、御免なさい、でも私そんなつもりで言ったのではありません。繁さんにこのまま甘えてもいいのかなと思って言いました、私本当のことを言うと、いつもこうして食事を食べさせて頂ける、それは私にとってとても有難いことです、だから時々考えて、こんなにして貰ったら、もったいないと感じる時がありますす」言った彼女の目がしらに涙が滲んでいた。そこには繁に対する感謝の念があったのだろう。でも言われた彼にとっては情けなさを感じる。そこで沙織に自分の心境を解り易く言い聞かせた、「俺はさっちゃんを自分の娘と思っている、君が我が家に住むようになってからもう十年が経過した、最初の頃はある程度遠慮していたが、由理子さんの部屋でともに寝起きするようになってからは、さっちゃんを我が娘と思って勧めてきた。それが認めて貰えなかったのが、俺としてはとても残念だよ」と言ったら、彼女は何を思ったのか、立ち上がり、繁の横へ来るなり、「繁さん、大好き」言うと、両手を広げ繁の身体にかぶさってきた。

そこへ、「ただいま」と言って由理子がひょっこり顔を出した、繁は押されて仰向けになっていたので、彼女を観た瞬間、慌てふためき、「あぁー、お帰りなさい」とその場を取り繕う返事をした。ところが、「まぁー、繁さんたら、お楽しみのところ、お邪魔して御免なさい」皮肉たっぷりな言葉が返ってきた。しかし言われた彼にすれば、言い返す適当な言葉が見つからない。その時沙織が振り向き、「繁さんに今怒られたの、それで癪にさわったから、こうやって抑えつけたの」「あら、そうなの。でも沙織、繁さん大好きって聞こえたわよ」そこで繁が、「さっちゃんに、ちょっとしたことを言われて俺が叱ったんだよ。そうしたら泣き出されて困ってしまい、それで俺がこうして抱き寄せたんだ」「へー、そうなの、何だか辻褄が合わない話ですこと」「いや、そのー、なんていうか、こうなったのも、皆この俺が悪い、だから由理子さん、さっちゃんすみませんでした。勘弁して下さい」「あなたには余程後ろめたさがあるみたいね。でも私はなんとも思っていません。昼頃に沙織から、今晩お酒呑みたいっていうメールがあったから、職場を定時で退社しようとしたら、二班のチーフから、主任の斎藤さんが急用で残業できないので、私に頼まれたの、だから帰りがこの時間になったの」「そうだったのか」「それで沙織に乗られた気分は如何ですか」「うん、気持ちがいいよ」「まぁー、繁さん、よかったわね、それで沙織さんは、どうなの」「はい、気持ちいいです」「二人とも仲が宜しいこと、私羨ましくなる」「だったら君もどうだい」繁が言うと、「じゃー私もお相伴に預かり、では乗っからして貰う」言うと、沙織が起き上がり、そこへ由理子が覆いかぶさった。「あら、気持ちがいいわね」言って暫し彼女は繁に抱かれていた。

沙織は元居た場所へ戻り、食事を食べながら、二人の姿を眺めていた。こんな馬鹿馬鹿しさが多分に含まれるこの情景は、動《やや》もすれば奇抜と思われがちだが、この家族にはお互いの信頼度を確かめ合う行動に過ぎない。しかし何故、こんなことがここの住人たちにはできるのか、それは幾分面白さがある演技を相手に行うことで心を和ませる。遊び心という趣向である。しかしそれをするには、お互いの心にゆとりがなければできない。だがこの家の人たちの心の中には、ユーモアを楽しもうとする思いがある。だからこんなことが無意識のうちにできるのだ。そこには相手を恋しく思う情愛が芽生えていた。由理子は繁に心底惚れている。それを承知で沙織はここの家で暮らし始めた。繁にしても女性たちと暮らせることがこの上ない幸せに繋がっていた。だがしかし誰かが異を唱えれば、ここの家族関係はアッという間に崩壊してしまう。人との関わりとは実に微妙なものだ。それを知っているから遊び心という、取って置きの切り札を使うのである。

そして幾らかの時間が流れ三人が繰り広げた、小芝居らしきパフォーマンスは終わりを迎えた。そこで繁は椅子に座った由理子に、「食事はどうする」聞くと、「いらない、会社で夕飯食べてきたから」「そうか、じゃー君の分は、明日さっちゃんの昼食弁当にしよう」「そうしてくれる、それであなたもご存じでしょう、うちの職場、昼間は社員食堂から、夜になると社員相手の呑み屋に変わるのを、それが今日は客が来ないので暇だったから、私仕事の合間に少しお酒呑んだの、だからお腹いっぱいだわ」「あら、由理子さん、仕事中の飲酒はいけません」「はーい、沙織さん」「へー、由理子さんがさっちゃんに従ったよ、珍しいこともあるもんだ」「あなた何を言っているの、私だって沙織に従うわよ」「えー、お酒を呑んで、少ししつこくなったかな」「何よ、あなた私に説教する心算」「いやそうじゃない、由理子さんを本のちょっと持ち上げただけだ」「ならば許してあげる」「うふふ、面白いわ。二人はまるで漫才しているみたい。私観ていて気持ちが晴れ晴れしたわ」「沙織が駿君のことで、可なり落ち込んでいるようだったから、昼間繁さんに電話連絡して、私たちが何か面白いことをすれば、あなたに笑顔が戻ってくると思って、させて貰ったの。沙織さん如何ですか。少しは気持ちがほぐれましたか」「はい、朗らかな気分になり楽しませて頂きました。もう大丈夫です。さっきも繁さんに諭されました。私は二人に見守られてとても幸せです」「それはよかった、それで駿君の葬儀に私もついてゆくわ、あなたが悲しみの余り途中で倒れないよう、お通夜と出棺の日に同席します」「由理子さん、すみません」「任せて下さい」そう言うと由理子は部屋へ入り、普段着に着替えて戻ってきた、そして二人が食事を食べ終えたのを観て、「沙織、お風呂へ入りましょう」と声をかけた。そこで繁が、「俺は先に風呂へ入ったから食後の片付けが済んだら休まして貰う」言うと食器類をキッチン運び洗浄に取りかかった。その後女性たちは入浴が済むとリビングで休憩してから部屋へ入り就寝した。

そして夜が明けて朝を迎えた。今日は佐藤駿の通夜の日である。沙織と由理子はともに起きて、食事を済ませると会社へ出勤する前に、今晩駿の通夜へゆく、打ち合わせをしていた。やがて出勤時間になり二人は家を出て行った。繁は女性たちを玄関で見送ると、いつも通り家事仕事を怠りなく、張り切って熟していた。今の彼は仕事を退職して年金暮らしの身分である。彼にとってこの暮らし向きは程よいものであった。由理子と結婚した時、繁は既に五十半ばであった。それから十年経った今、年齢は六十五歳になった。彼としてはこれからも仕事をする意欲はあった。しかし会社の雇用規定で六十五歳以上は正社員から準社員に格下げされる。所謂パート社員同様の扱いである。そのことに悩み由理子に相談したら、（私が養ってあげるわよ）の一言であった。その言葉を聞いた時彼は由理子に対し琴瑟相和す、という睦まじさを感じた、（こんな俺如き爺に親しさを持って寄り添う。それは母にも似た振る舞い方である。俺はこの女性の為ならば、この身を捧げてもいい）そういう思いを由理子に抱いた。だから今のこの境遇が彼にはうってつけの心地よさになっていた。

沙織は会社へ着き三階の営業部へ入り、すぐに山本本部長のところへ行き、今晩佐藤駿の通夜に参列し、そして明日午前中に行われる告別式に有給休暇を使ってゆくことと、更に吉田ひろみと橋本沙代子が、告別式に同席することを伝えた。そこで山本本部長から、労いの言葉がかけられた。「石井君、部下を急に失うことは、とても辛いだろうが。その分この私が君を応援する。だから頑張って下さい」それを聞いた沙織は心に幾分ゆとりが持てた。そして自分の席へ来て、いつも通り営業実績報告書の作成など、事務処理の仕事を熟してゆき、その日も夕刻になり、会社を退社して、朝由理子と打ち合わせしておいた場所で合流すると、佐藤駿の通夜が行われる、葬儀会場へ向かった。

駿の住まいがある清瀬駅に着いたのは、日が暮れた六時数分前であった。駿の母親から聞いていた、葬儀場は駅のホームから観渡せる場所にあった。通夜が始まる時間が午後六時なので、二人は急いで葬儀会場へ向かった。場内へ入り受付の係員に案内されて部屋へ行くと、佐藤駿の遺影が祭壇中央に置いてあり、それを囲むように、色とりどりの花々が添えてあった。その有様を観た瞬間沙織は、無常という人の虚しさを感じた。あんなに元気で活躍していた駿君が、今はこうして葬儀祭壇に遺影が置かれ、その周りを花飾りが彩っている。なんとも情けない姿になってしまった。これが人の儚さなのか。あっけない幕切れだ。そこで沙織は心の中で呟いた。人の命とは灯された明かりと思える。いつ何時どこで起こるか分らない不慮の災難。それにより我が身に灯されていた、光り輝く炎が一瞬にして消え去った。駿君の死は正しくその通りである。彼は私と結婚の約束を交わした相手だったのに、それが今では亡骸としてこんな場所に祭られている、こういう状況は耐え難い無念としか言いようがない。しかし考えてみれば、人は生きてゆく中でいずれ死を迎える。その時期が早いか遅いかは神のみが知っている筈と締め括った。

葬儀場の案内係から、「導師の入場です」という声がかかり、座席に座った僧侶が唱える読経の声で通夜が始まった。沙織と由理子は名前が書いてある椅子へ座り、そこで沙織が辺りを観回すと、祭壇近くの喪主席には、駿の母親が悲しみを堪える顔つきで座っていた。そしてその隣には恐らく駿の兄弟であろう。青年期を迎えた男女二人が座っていた。生前佐藤駿に聞いていた話であるが、それは弟と妹に思える。更に父親とは、死別と聞かされていた。

しばしの時が流れ、僧侶の読経が終わったところで、焼香の順番が回ってきた。沙織と由理子は祭壇の前へ進み出て、佐藤駿の母親に一礼してから、駿の遺影へ深々と頭を下げ祭壇にある香炉へ、親指と人差し指で抹香を掴んでくべる焼香をして合掌した後、再度駿の母親へ向き直り、沙織が一礼すると、彼女は頭を下げてくれた。そこには何某かの深い思惑が込められていると、沙織は感じていた。思えば数日前の日曜日。急な電話で知らされた佐藤駿の死、それは予想もしていない突然の出来事。まさか駿が死ぬなんて、そんな衝撃的な事実を突きつけられた沙織にしてみれば、計り知れない程のショックであった。だがしかし我が子を失った母親にしたら、自分が思った以上の大きな痛手であったに違いない。そう考えれば、駿の死はどれ程の辛さと悲しみを引き起こしたかと、思わざるを得ない。彼女の仕草を観ていて、沙織はそのように思った。

参列者全員の焼香が済んで、斎場の係員が、「導師の退場です」言われて、僧侶が式場から出てゆくと、「皆様方、別室にて通夜の振る舞いを行います」言われて参列者たちは案内係りの先導で、同じフロアにある部屋へ通された。最後に駿の母親が入り、部屋の中央に来ると、係員よりマイクを持たされ、彼女から参列者たちに息子駿の通夜に出席したことを労う、お礼の言葉があった。それが終わり参列者たちに飲食を促す声がかかった。そこで沙織と由理子は母親のところへ行き弔意を表したら、彼女から鄭重なお礼の言葉が返ってきた。その後二人はテーブルに並ぶ料理を食して、食事が済むと母親に帰宅する旨を伝えて斎場を後にした。

清瀬駅へ着き改札口から矢継ぎ早にホームへ入ると、電車は間もなく到着した。二人が乗車して席に座ったら、乗客は疎らであった。そこで沙織は由理子に話しかけた。「ねぇ、由理子さん、昨日棺に入った駿君の姿を観ておいてよかったと思います。今日あんなに装飾された祭壇を観たら、駿君が他人のような気がして、よそよそしい存在としか思えなかったわ。私と駿君は数か月前親密な仲になり、愛し合ったのに、あの葬儀場の飾りようは会社関連でよくゆく、亡くなった人の葬儀と略同じ、駿君は私だけの男性でいて欲しかった、ですから見放された感じがする。でも人間には親子兄弟親戚など諸々の繋がりがあるのね、私は両親兄弟の繋がりはないわ、だからこそ人への執着心が強くなったの、そう思ったら、私には由理子さんがいるから気持ちに迷いはありません」「沙織、そう思って頂いて有難いわ。あなたと私は同じ境遇、そして繁さんも同様。この繋がりは私たちだけが持ち合わせた宝と思います。それをあなたが駿君を失うことで解ってくれた。沙織にとって駿君は殊更愛した男性だった。それが急死ということで繋がりを絶たれた。本当に辛いでしょうね。それでも人はその悲劇を克服して生き続けてゆかなくてはならない。それが人に与えられた運命ではないかしら。人は何故生きるのか、そして何故人は死するのか、そこに私は時々疑問を抱くことがあるの、自分の身体は何かによって生かされている。そう考えてゆくと人の生命は謎めいてしまうけれど。でもこれだけは明らかに言えるのは、この身は自分への授かりものと思います。だって毎日変わりなく使わせて貰っているこの身体が、もし危険な状況に曝されたなら死ぬことになる。それを避けようとしても免れないのが人の死。折角授かった我が身を粗末にしては駄目なの。そう思ったら生かされている命の尊さを大切にしなければならない、という結論に至るわ。だから沙織、生き続けることを大事にしてね」沙織はそこで由理子の考えを聞いて納得した。彼女にとって佐藤駿の急死とは、不幸という予測不能な災難であったに相違ない。

電車に乗ってから三十分位経過しただろうか、池袋駅に着いた。二人は電車を降り埼京線ホームへ来ると、通路は乗降客で混雑していた。沙織がそこで腕時計を観たら、午後九時過ぎだった。間もなく来た大宮行きの電車に乗り、数分で板橋駅に到着した。改札口を出て駅前通りを早足で歩き、五分程で我が家へ着いた。由理子が玄関の鍵を開けて部屋の中へ入ると、繁がリビングのソファーで居眠りをしていた。二人は彼に気付かれないようそっと部屋へ入り、着替えてすぐに風呂へ入り浴槽に浸かったら、その気配を察したのか、繁が浴室の前へ来て声をかけてきた。「やーお帰りなさい、さっき由理子さんからメールで指示があったので、お風呂の湯を追い炊きしておいたけれど、湯加減はどうだい」「はい、とてもいい湯加減だわ、それであなたはお風呂に入ったの」「ううん、まだだ」「だったら入りなさいよ」「うん、それでは入るか」言うと、繁はその場で衣服を脱いで浴室の中へ入った。彼にすればこういうのは、今では何の差し障りもない行いになっている。だが以前には感情の起伏が激しく揺れ動く、恥知らずな言動に思えた。それは彼にとって未開地に足を踏み入れるような、領域であったに違いない。今まで辿ってきた彼の人生には女っ気がまるっきりなかった。しかしそこに出くわした女性二人に、羞恥心の拭い去りを教え諭された。それは開放的な心地よさであった。それから暫く経って、三人は風呂から上がり、一休みした後床に就いた。

爽やかな朝を迎えた中山家では、いつも通り繁がキッチンへ入り、慌ただしく朝食作りに勤しんでいた。やがて日の光がリビングルームへ、カーテン越しの窓から差し込んできた。すると部屋から由理子が出てきて、「あなた、おはよう、昨日は遅くまで、私たちの帰りを待っていてくれて、有難う。駿君のお通夜が大分長引いたから、家へ帰るのが遅くなって御免なさい。だから途中であなたにお風呂のお湯を追い炊きしてって、メール送信したの、本当に助かった」「いや、そんなこと構わない、俺は由理子さんの為なら何でもするから」「あなたはいつもそうおっしゃるけれど、私はとても嬉しいです。昨日も帰りの電車の中で、沙織に言われたの。駿君が亡くなっても、私には由理子さんがいるから、気持ちに迷いなどないって。その言葉を聞いて思いました。私は繁さんという、頼もしいバックボーンが付いているから、何事に対しても惑わされない。繁さん、これからも私と沙織を見守って下さいね。お願いします」

繁は笑顔を観せ、得心した様子で頷いていた。彼はこの時、人生の味わいといえる、うま味をごっそり感じたと思う。人が死するという事柄は、日頃何げなく素通りするものだが。改めて考えてみれば、愛する人との死に別れ、それは無常の風という悲劇である。しかしながら人の世には、永遠不変のものは一つとしてない。人間同士の繋がりは、いつしか必ず断ち切れる。だからこうして自分へ授かった妻由理子を、神からの賜り物として丁寧に扱い和やかに暮らすのが、幸福に結びつくと彼は考える。

彼女はそれから洗面所へ行き、身支度を整えていた。それを横目で観ていた繁が、何げなく後ろを振り向くと、パジャマ姿の沙織が部屋から出てきて、「今日有給休暇を取ったの、だから朝の時間帯、ちょっぴり余裕があるわ。そこで繁さんにいつもお世話になっているから、朝食作り、お手伝いします」言ってきた。彼には意外だった。沙織が手伝いをするなど。しかし先程由理子から言われたことにしても、自分を気遣う心配り、それが心の安らぎになる。そしてよくよく考えれば、勿体ないと思っていたら、沙織が傍へ来て健気に朝食作りを手伝い始めた。

やがて二人が拵えた料理ができた。それを繁がリビングのテーブルへ運び、沙織は洗面所へ行き、「由理子さん、私と繁さんが作った、食事ができました。早く食べましょう」声をかけた。すると由理子が、「沙織が料理を拵えるなんて、珍しいわ、では折角だから頂こうかしら」言うと、彼女はリビングへ入り、料理が並んでいるテーブルの定位置へ座った。そして二人も席に座り、由理子のかけ声で朝食を食べ始めた。それはいつも通り、この家に住まう人たちの光景である。この時繁は、このようなことができる自分を、賛美したい気持ちになっていた。これは自分にとって絶対欠かすことができない寛ぎ空間。こうやって女性たちと和やかに過ごすひと時、それは自分には切り離せない喜びに繋がる。今までの人生で、愛しさを抱いた女性は一人としていなかった。それがこうして自分を好いてくれる女性が現れた。そこに感動して自らを嘆美していた。

その後食事を食べ終えた女性たちは、部屋へ入り、身嗜みの化粧をしてから、再びリビングへ戻ってきて、食事の後片付けをしている彼に、由理子から、「あのう、繁さん、聞いてくれる」言ったので、「はい何でしょうか」答えると、「駿君の告別式に行ってすべてが終わり、私たちが家へ帰ってきたら、悪いけれど、玄関で清めのお塩をかけて頂きたいの。どう、お願いできますか」「ああ、いいよ」「すみません。あなたには本当にお世話になります」「別に改まって俺に言うことではないだろう」「いいえ、私は沙織のことを思って言ったの」「それはどういうこと」「はい、沙織が駿君に対しいつまでも悔やまないよう、告別式を最後にして彼のことを忘れさせてあげたいの。それで家に帰った時、清めのお塩をかければ、諦めもつくだろうと思ったの」

沙織が、「由理子さん、私駿君のことは、諦めがつきません。でもいつまでも悩んでいても、どうしようもないし」思案している様子であった。だがその彼女を諭すように優しく語りかけた、「沙織、あなたの言うことは解ります。でもこれから自分が歩む人生も、考えなくてはならないわ」「はい、そうですね」すると繁が、「さっちゃん大丈夫だよ、君の将来、会社が有望な人材として期待しているから安心して」「あら、そんなこと、あなた誰から聞いたの」「うん、それは俺のあて推量かもしれないが、さっちゃんの将来、もしかしたら重役になる可能性があるよ」「あらまあ、それが実現すればいいけれど、私も沙織を応援してあげる」「それは私にとって、とても励みになります」

するると由理子が腕時計を観て、「もう九時よ、駿君の告別式、十時なのに、間に合うかしら」言うと二人は喪服に着替えて家を出て行った。後に残った繁は例の如く、いつも通り主夫業に専念していた。

佐藤駿の告別式が行われる直前、二人は斎場へ着いた。受付の係員に案内され昨晩通夜を行った部屋へ行き、その場で沙織が見渡すと、部下の吉田ひろみがこっちを観て、右手を肩位に挙げ手招きした。その隣には橋本沙代子もいて、促されて手を振っていた。二人はそれに誘導されて、彼女たちの隣の席へ座った。そして沙織は彼女たちに由理子を紹介すると、すぐに斎場の係員から告別式を行う趣旨の説明がなされた。それは佐藤駿を弔う話である。死者の御霊を厳かに慰める儀式。その話を聞いていた沙織は、ここ数日間に直面した事態、人の死という納得いかない情況を改めて思い起こした。人間が死ぬ。それは不慮の事故にしろ、また病気という理由であったとしても、今まで自由に使えていた身体が、死ぬことで動かなくなり、その後亡骸として葬る儀式が行われる。そして火葬場へ行き亡骸が燃やされて、焼きあがったお骨を、みんなで拾い集めて骨壺に納める。そのような流れを巡って、最終的に、永遠の眠りについた、御霊となり葬られてしまう。それから年月が流れてゆけば、年忌法要という儀式を行う。それが後に残された者の務めとなる。人は何故この地球上で、生まれては死んでゆく。訳が解らぬことを繰り返せねばならないのか。所謂輪廻転生の教えである。だがしかし自分は哲学者でも宗教家でもない。そういう問題を深掘りしたところで、納得がゆくような、回答は恐らく出てこない。こうなった現状を私は唯見守るしかないのか。そんな思いが、脳裏を過ぎったので、それを彼女に話してみた。「ねぇ、由理子さん、私駿君が死んだなんて、未だに納得できない。人の死、それを予知することは不可能なの。私虚しい気持ちになる。でもこうなってきたのもやむを得ないことです。駿君の死を私自身が受け入れるしかないのね。人っていう生き物は、本当に儚すぎるわ」そう言うと、まだ言い足りないのか、再び話しだした。「由理子さん私の話をもう少し聞いて下さい」そこで彼女が頷くと、この日へ至る駿への思いと経緯をしみじみ話し始めた。「数日前に駿君と約束したことがありました。それは今度のデートはホテルのレストランで、食事をした後に、婚約指輪を受け取る約束を交わしたの、それが今日です。しかし今日はクリスマスイブでしょう。世間の人たちはお祭り騒ぎで浮かれているのに、私だけが駿君と別れる葬儀の日になってしまった。こんな筈ではなかったのに情けなくなる。本当だったら、プレゼントされた婚約指輪を由理子さんに観て貰う心算でした。ところがこの間、駿君のお母さんから渡された指輪、あそこで頂いても、駿君の思いは伝わってきたけれど。心の底から喜べる気持ちにはなれなかったわ。由理子さん、私、切ないです。それで駿君との繋がりとは、いったい何だったでしょうか。教えて下さい」

由理子にすれば、これに関して早急に答えを出すことはできない。だがその縋ってくる姿を観て愛おしみが湧き、更に健気さに慈しみの心が揺れ動き、そこで沙織の両肩に右腕を回し、目がしらに溢れ出ている、涙をハンカチでふき取り、優しく言い含めるように、諭し聞かせた。「沙織さん、あなたの切ない気持ちは、私にも解ります。愛した駿君が亡くなった。そこに悔いが残るのは当然。でもこの世に生を受けた人たちは皆、日々の時間の流れに添って生きてゆくの。だから過ぎてしまった、日にちと時を取り戻すことはできないわ。そこで私が何を言いたいかと言えば、過去に起きた事柄は思い出として、あなたの心に残しておくしかないのよ。さっき家で言ったように、駿君のことはこの告別式を最後にして、あなたの思い出にしておきなさい。そしてこれからは前を観て進む、気持ちに切り替えなさいね。繁さんが先程言ったでしょう。会社は沙織さんに期待して、今の地位から重役を任せる日も来るでしょう。それまで頑張って、仕事に励んでゆきなさい」

話を聞いていた沙織はほほ笑んでから、「はい由理子さん、私張り切って仕事します」と答えてくれた。だが今の彼女にすればそれが精いっぱいの返し言葉であったに違いない。駿の死は沙織にとって、それはまるで片手をもぎ取られた惨劇に等しい。自分の片腕となり、仕事を熟してきた佐藤駿。それが不慮の事故で死亡した。正にその不意打ちを食らった全貌を観れば、聳え立つ樹木をバッサリと、切り落とされた感覚である。彼を失った痛手は、想像をはるかに超えた衝撃であろう。そして私的には結婚の約束を交わした婚約者。それがあっけなく、自分から去ってしまった。その余りにも悲惨な状況を救う手立てはない。さりとてここでいつまでも、嘆き悲しんでもいられず。気持ちを切り替えさせて、よい方向へ進むことを由理子は望んでいた。

そして佐藤駿を弔う儀式が終わり、最後の別れとなった。場内中央に棺が置かれ、棺桶の蓋が開けられた。そこには安らかな眠りについた駿の顔が観えた。その時沙織は無性に込み上げてくる。痛恨の極みという悔しさを覚えた。（あんなにも私を慕っていた駿君が、今はその素振りも観せてはくれない。そして目を閉じたまま静かに眠っているだけ、ねぇ、駿君、私ここにいるわよ。早く起きてよ、何故見向きもしないの、私ここにいるって言っているでしょ。いつも私に笑顔を観せていたのに、どうしたのよ。ねぇ、駿君早く起きて）と語りかけたい心境になっていた。

やがて斎場の係員から手渡しされた献花の花部分を、棺に眠る駿へ手向ける話があった。参列者は言われた通り、ちぎられた花を持ち、駿の亡骸そこかしこに、手向けを行っていた。そして沙織の番が来た。彼女は言われた通り、駿の耳元へ花を置いた。しかしこの時沙織は、平常心を保とうと思っていたが、やはり涙が溢れ出てくる。それは致し方ないことである。それが終わると、棺の蓋が閉ざされて、喪主からの挨拶があった。その後棺は斎場の玄関に運ばれて、黒塗りの霊柩車の中へ納められた。その車に喪主が乗り、いよいよ火葬場へ出発である。参列者たちとともに沙織と由理子それに吉田ひろみ、橋本沙代子の四人が貸し切りバスに乗り、火葬場へ向かった。

それから一時間程度乗って、バスは火葬場へ着いた。そして参列者と彼女たちもバスを降り霊柩車の後方へ来て、棺出しを合掌して観ていた。やがて数人の係員により棺が移動車に載せられ火葬場内へ入り、火葬する扉の前へ置かれた。そこで説明があり、野辺の送りをする為、一緒に来ていた僧侶が読経を上げ、参列者は手を合わせ拝みながら成り行きを見守った。それが終わり、葬送の儀として台に置いてある香炉に、抹香を掴んでくべる焼香が行われた。沙織たちも参列者の最後に行った。そして棺を火葬する扉が開いて、駿の亡骸が入った棺桶はその中へ入れられた。その時沙織はさりげなく呟いていた、(もう駿君とは二度と会えないのね、でもさよならだけは言わない。だってあなたは私に心の中にいつもいる。だから駿君安心してお眠り下さい)と念じる気持ちで、最後の別れを告げていた。

その後駿の亡骸が火葬されるまで、係員の案内で、参列者は上の階にある部屋へ通された。部屋へ入り椅子に座った沙織は押し黙り、隣に座った由理子の右手を、両手で握り締めていた。由理子は沈黙する沙織の顔を観ていて、(そっとしておこう)と思い、彼女全身を包み込む、優しい眼差しでじっと観ていた。確かに沙織の心中を察すれば、複雑な気持ちになるのは解る、でもこういう状況を敢えて静観するのも、この娘に対する気遣いと考え、何も言わずにいた。そこには由理子の母性愛と思われる、慈しみの真心が注がれていた。人との縁が薄い彼女の身の上、そこにやっと出逢えた最愛の彼氏、それが別れも告げずに、素気なく去っていった。後に残された沙織にとって、それは人生の手厳しい試練といえる。こんな筈ではなかったのに、惜しむ気持ちが先走り、じれったさが募っていたに違いない。そんな彼女を慮り喋らず静かに見守っていた。一方沙織の部下である女性二人は自分たちの向かいに座り、部屋の係員が持ってきたお茶と菓子類を食べながら、会話に夢中になっていた。それを観ていた由理子は、（この女性たちは駿の同僚であるのにも拘わらず、彼の死を他人ごとのように捉えている。ああ、情けない）と思った。しかしここで口を出すのを避けた。それは人の行いを否定するのは、自分にとって得策ではないと考えたからである。

それから優に一時間位経っただろうか。館内放送で佐藤駿の骨揚げが知らされた。すると係員が部屋へ入ってきて、参列者全員を元の場所、火葬扉の前へ誘導してくれた。そこで火葬場の職員が扉を開けると、熱気が一瞬沙織の顔に掛かった。その時駿の熱意なる自分を只管思う、燃え滾る情熱を感じ取った。あれ程この私を慕っていた駿君なのに、それがこういう形で、再び蘇った。沙織はそこで感慨無量の思いに浸り、気持ちを添えて、駿君有難う、発した言葉が心中を走り抜けた。そして係員から骨拾いの説明が丁寧にされて、焼きあがった駿のお骨がステンレスの容器に並べられ、参列者がいるテーブルへ置かれた。それを観た時沙織は、人間の哀れさと儚さを思い知らされた。存命中の身体格好とは違い、観る影もない姿になってしまった駿君のお骨。そこには彼が抱いていた、将来へ対する夢や希望、そして更に家族計画など、すべての物事が悉く崩れ去った有様を観せられた気がした。人は生きていればこそ、喜怒哀楽の感情が湧き、それにより、翻弄されながらも、人間として生きてゆく価値観を見出すことができる。それが死んでしまえば、こんな哀れな骨となり、いずれ藻屑のように葬り去られてしまう。そんなことを思いながら沙織と由理子は一緒に、駿のお骨を骨壺へ納めた。そして部下の女性もともに骨拾いをしていた。

やがて参列者全員が骨拾いを終えると、係員が骨つぼに蓋をしてから、骨壺は真新しい桐の容器に納められた。それを駿の母親が持って歩きだし、その後に、参列者が続き歩きだした。それから火葬場の玄関に止まっていたマイクロバスに駿の母が先に乗り込み、続いて参列者たちとともに、沙織たち四人が乗ると車は走り出した。

バスに乗りかれこれ一時間位経っただろうか。車は斎場へ戻ってきた。駿の母親と家族たち、それに続き参列者がバスから降り、全員が先程葬儀を行った部屋へ入った。その中央には、故人を偲ぶ雅な祭壇が誂えてあった。そしてこれから始まる葬礼の儀を行う為、前にはテーブルと椅子が、対面式に置かれた座席になっていた。そこで母親が駿の遺骨を祭壇中央に置いて、斎場の係員から参列者に対し、初七日法要とそれが終わった後に行われる精進落としの料理を振る舞う話があった。女性四人は取り敢えず指定された席へ座った。するとすぐに初七日法要が僧侶の読経で始まった。それから三十分程度の時間が流れ、最後は参列者の焼香で法要は終わりを迎えた。それから喪主の挨拶があり、それが終わると、精進落としの料理三段重ねの重箱と、ビールやお酒がテーブルに置かれた。そして各自がコップや盃に飲み物を入れて、指名された親戚筋の男性が祭壇中央にある駿の遺影とお骨に向かい献杯の儀が執り行われた。その後料理を食べ酒類を呑む精進落としの振る舞いが始まった。しかしそこでは誰一人として陽気に話しだす人はいなかった。これも駿の早死をいたましく思う気遣いであろうと沙織は感じていた。

参列者たちは食事を済ませてから駿の母親のところへ行き、挨拶をしてそれぞれ部屋を出ていった。女性たちも食事を食べ終えると四人揃って駿の母親へ挨拶をして、沙織が会社に関する今後のことなど話し伝えて、部屋を出てゆき駅へ向かった。清瀬駅に着いた沙織たちは、部下の女性二人を到着した電車に乗せて見送ると、次の電車で由理子と会社へ向かった。だが彼女は何故由理子と会社へ行きたかったのか、そこには沙織の思惑があった。これから自分が新進産業営業本部をしょって立つ意気込みを、上司の山本本部長に見せつける為であった。しかしそうなるには味方といえる、自分を支えてくれる後ろ盾が必要と考えていたから、由理子に会社まで同行することを頼んでいた。そして沙織たちは夕刻間近、会社へ着き三階の営業部へ行き、山本本部長に駿の葬式が終了したことを報告した。そこで更に由理子が自分の後見役である旨を併せて申し伝えた。そして二人は我が家へ直行した。

それから数日経過して大晦日の前日になった。由理子は沙織より一日早く、年末年始休暇に入った。沙織は年末まで残っていた。営業実績報告書作成の為、午前中だけ会社へ出勤し、事務仕事を行い昼の食事も食べず、午後に帰宅して家の中へ入ると由理子が迎えてくれた。「あら、沙織、昼食は食べたの」聞いたので、最近余り食欲がない。それは駿を亡くした心の痛手が、未だに癒えてないせいだと思って、それを由理子に理解して貰いたく話してみた。「私この頃、食欲が余りないの、だからいらない。これもきっと駿君が亡くなったことが原因かも」言うと、「ふーん、そうなの、でも食事だけはちゃんと食べなさい。解った」気遣った心算だったが、「いいのよ、私別に、そんなの気にしてないから」言い返してきた。だが由理子にすれば、沙織には殊更目をかけてやりたい思いがあったので、「沙織さん、私はあなたのことが心配だから、言ったのに、それがいいのよって、いったいどういうこと」「由理子さん、私のことはもうほっといてよ」

そこで、今も尚、精神的に気持ちの整理がついていない、事実を知らされた。近頃自分には食ってかかることは、然程なかった沙織だが、これは尋常ではないと考えて、当たらず触らずやんわり話してやった。「まぁー、仕様がない沙織さん、あなたの好きなようになさい」そう言うとすぐに部屋へ入ってしまった。言われた沙織はリビングのソファーに座り、そこで物思いに耽った。最近人から言われる発言に対し、自分は反発する回数が多くなった。それを自覚している。その原因とは、最愛なる男性、佐藤駿を失ったことが、引き金になったのか。或いは女性特有の生理周期の遅れが、こんな災いを齎しているのか。そう考えると、どれだか見当がつかなくなる。しかし情緒不安定の要因から引き起こされる、身体の不調、それが精神的疲労困憊になっている。そこで病院へ行き診察して貰いたいが、これまで病気で医者にかかったことがない沙織は思案に暮れてしまう。ならばこういう場合、頼りになるのは、やっぱり由理子さんしかいない。そんなことを思いながら、午後のひと時彼女は、何も食べずに過ごしていた。

時間が幾らか過ぎて、部屋から出てきた由理子が、「ねぇ、沙織さん、気持ち、少しは落ち着きましたか」聞いてきたので、「由理子さん、さっきは御免なさい。私この頃何かにつけても、苛ついて腹立たしくなるの、それに生理もこの二か月位普段と違って遅れがち、私の身体、どうか、しちゃったみたいです」と言われても答えようがないから、「そうね、だったら沙織、お医者さんへ行って、診察して貰ったらどうかしら、私も付いてゆくわよ」「でも明日は大晦日だし、どこの医者も休みでしょう」「そんなら、年明け早々に行けばいいでしょう、急病になった訳でもないから」「うん、由理子さんはそう言うけれど、私としてはいざ医者へ行くとなれば、迷いが出てくるわ。診察されて、何処か悪いところがあれば、すぐに入院となるでしょう。だから何だか不安になるのよ」「沙織さん、大丈夫よ、あなたは病気を患う程、身体は弱くないわ。それだけの精神力を、あなたは持っています」「うふふ、由理子さん、私を持ち上げないで、そうでなくても会社では、男勝りの女性課長って言われているの」「あらまぁ、沙織さん、笑ったわね、それでいいの、あなたはそれがお似合いです」と言い終わったら繁が部屋から出てきて、「もう夕食を拵える時間だ、今日のメニューは鰤の照り焼きと茶碗蒸し、それにほうれん草のおひたしだ」と言ってそそくさとキッチンへ入っていった。それを観ていた二人は思わず顔を見合わせ、左手を口に当てて堪え笑いをしていた。それは彼の行動が如何にも面白く見えたからである。繁自身、彼女たちに対して日頃から召使の心持ちで接している。だが女性たちにすれば、それは爺さんのパフォーマンスに観えていたのだろう。彼女たちと繁との間には年齢に可なりの差がある、今年で六十五歳になる彼は、世が世なら孫の数人はいてもおかしくない年である。それが婚期を外されたのか。繁には五十路になっても、相応しい結婚相手は授からなかった。それまで必死になり婚活に励んでいたが、出逢う女性から性格が合わないというう理由で結婚には至らなかった。だが彼自身相手に合わせる、気遣いの観念はちゃんと持ち合わせている。それが二人の女性に好まれている、要因に挙げられる。

暫しの時間が流れキッチンから出てきた繁が、出来上がった料理をお膳に載せて、女性たちが座っている、リビングのテーブルへ置いた。するとそれを観た沙織が、「まぁ、美味しそう」とつぶやいたので、「さっちゃん、美味しそうではなく、本当に美味しいよ」言うと、「繁さんが作る料理はいつも美味しいけれど、今日は特別」「ええ、それはどういうことかな」「だって私の大好物な和食だから」言われた繁は満足の表情を浮かべていた。そして三人は、夕餉の料理を食べ始めた。

食べている最中、由理子が言ってきた、「ねぇ、沙織さん、私は今日から休暇に入ったので、自分の用事は殆ど済んだわ、ところで明日はもう大晦日よ、それであなたの用事は何かあるの、よかったら私がしてあげるから、言いなさい」言うと、幾らか考えながら、「やっておかないといけない用事は色々あります、でも、そんなこと由理子さんにして貰ったら申し訳ないです」「そんなの構わないわ。私に遠慮しないで」言われたが些少気遣って、「いつも由理子さんには、私の身の回りのことをして頂いて、心底有難く思っています」自分の至らなさを申し出た。だがそれを庇うように、「あら、私に感謝して頂き、とても嬉しいわ」そこへ繁が口を挟んできて、「なんだ、君たちは仲がよくていいなぁ、頼むから、俺を仲間外れにしないで貰いたい」「えー、繁さんをそんなふうには決して思っておりません。だからいつもあなたを大事にしているでしょう」「そう言われると、何だか照れ臭くなるよ」繁はそこで両腕を組んで、「本当に有難いことです」答えてくれた。

こんな気楽な会話ができるのも、お互い信じあう気持ちがあればこそ成り立つ。だが人は何かにつけても相手を胡散臭く見てしまう。でもこの家の住人たちは、そういう気持ちを抱くことはまずない。それは相手を優しく包み込む、寛容の精神があるからできるのだ。

繁は夕飯を食べ終えた様子で立ち上がり、食器類をキッチンへ運んでいた。そして女性たちも食事を済ませて、由理子が二人分の食器をキッチンへ持っていくと、繁が笑いながら、「俺は本当に幸せ者だよ、素敵な女性に巡り合えて」言われた由理子が、「私たちも幸せよ、繁さんがとても優しい男《ひと》なので」それを聞いて感激したのか、「じゃー、明日の夕食は君たちの為に、ヒレステーキでも作るか」「まぁ、豪華なお料理ですこと」言ってから、嬉しさの余り、リビングにいる沙織に向かい、「ねぇ、沙織さん、繁さんはやっぱり素敵な男性よね」と褒め添えた、ところが幾分不満げに、「二人ともご機嫌ね。私だって褒めて貰いたいわよ」言ってきたので、気持ちを込めて言い返した。「あら沙織さん、何を言っているの、あなたは私たち夫婦にとってかけ替えのない娘です」それを聞いて、「あーよかった、由理子さんに褒められて私とても幸せ」この時沙織自身はこの家に置かれている、自らの立場に満足していた。それは由理子夫妻に自分は必要とされている。その実感が持てたことである。そしてキッチンでは繁が食事の後片付けを済ませ、その後三人はリビングへ集まり、他愛ない会話を楽しんでいた。

その日も無事に過ぎてあくる大晦日を迎えた。繁はいつも通り早朝に起き、キッチンへ入り朝食を拵えていた。料理がある程度できた頃合いに、起きた由理子が部屋から出てきてキッチンへ入るなり、「ねぇ繁さん今晩の料理、ステーキにするの」聞いたので、「うんそうしようと思っている」答えたら、「沙織、余り食欲がないみたい、だって、夜中にトイレで大分戻していたわよ」「へぇー、そりゃ今晩の食事メニューを替えなくてはならない。でもどうしてだろうか」「ううん、私にも解らないわ。駿君のお葬式が済んで、もう一週間も経つのに、あの娘は未だに未練が残っているのかしら。何が原因か知らないけれど、体調が可なり悪いみたいよ」「そうだな、俺としても何とかしてあげたい」と繁はそこで腕組みをして考え込んでいたが、「でもさぁ、さっちゃんにしてみれば初めての男性だろう。未練が残るのも当然だと思うよ。俺だって初めて好きになった女性のことは忘れられない」「あらそんな女がいたなんて、私今まで全く知らなかった。誰なのよ。繁さん、教えなさいよ」「それはもちろん君のことだ」「だってあなたにとって、私が初めての女ではないでしょ」「いや俺が好きになった女性は、由理子さんしかいない」「へぇー、あなたは、その歳になるまで、女を愛したことがなかったの」「うん、俺は由理子さんが初めて愛した女性だ」「うふふ、可笑しな人。でもよくこれまで、女性を愛さず、我慢ができたわね」「そりゃ、男としてのプライドで何とか耐え忍んできた」

こんな下らない会話が成立するのも、互いの気心が知れていればこそできるのだ。すると、「そんなことを聞いたら、あなたがますます好きになってきたわ。繁さん大好き」言って、彼女はいきなり抱き付きキスを交わそうとしたので、「由理子さん、ちょっと待って下さい。俺は料理を作っている、忙しい最中だ。そういうのは二人が落ち着いた時にしましょうよ」と言って右頬に軽く口づけをしたら、「はい、解りました」素直に応じてくれた。こういうところに魅力を感じる繁であった。そして朝食が出来上がり、それを繁がリビングのテーブルへ運んできて、「ねぇ、さっちゃんの体調はどうだろうか?」聞くと、「じゃー観てくる」言って部屋へ入った。それから間もなく、沙織が瞼をこすりながら出てきて、「繁さん、おはよう。私夜中に胸がムカついて戻しちゃったから。朝食は食べない」言ったので、「そうか、じゃー果物のミックスジュースでも作るか」「うん、ジュースなら飲みます」そこで繁はすぐにキッチンへ入り、冷蔵庫から数種類の果物を出してミキサーに入れ、拵えたミックスジュースをテーブルの定位置へ置いた。その間彼女は洗面所へ行き、朝の身繕いを整えてリビングへ戻ってきて、椅子に座ったので、「さっちゃん、どうぞ召し上がれ」と声をかけたら、彼女は飲み心地よさそうに飲んで、満足げであった。そしてテーブルに並んだ朝食を、由理子と繁がともに食べ始めた。この光景はいつもながらのスタイルである。そこには人間同士のほのぼのとした温かみが感じられる。お互い気遣うこともなく、有りの儘で過ごせる、ゆとりある生活空間。それは人間が追い求めている究極の姿ではなかろうか。人と人が出逢えば、そこに生じてくるのは、厄介な関わりという、考え方の違いから巻き起こる人間同士の摩擦。幾ら気持ちが通じ合う間柄でも、いつの間に心の隙間に浮かんだり、沈んだりする斑ができたなら、歪が生じてそれが災いし、相互に憎み合う関係になってしまう。即ち人は置かれた立場環境次第で、如何様にも変わる要素を常に持っている。それが人間の本性である。しかしここの住人たちには、そういう気配は、まるっきりない。これも面々がもちそなえた、温厚な人柄の表れだろう。

三人はそれぞれ食事を済ませて、各々が、年の瀬大晦日を過ごすプランを楽しんでいた。繁はいつも通り、午前中にスーパーへ行って、自分たちが食べる正月用の食材を、買い求めてきた。そして由理子は例の如く沙織が普段できない、片付け物を片す世話をしていた。やがて日が暮れて夜になった。沙織は相変わらず食欲がなさそうで、体調が大分芳しくなかった。その彼女を気遣い、夕食は大晦日の年越しそばという身体が温まる料理にした。そして食事を食べ終わり、食後の後片付けをすませ、リビングへ集まり、今年一年を振り返る会話をしてから、いつも通り風呂へ入り労をねぎらい、入浴が済んだのち、またリビングでテレビを観ながら寛いでいた。その後みんなに眠気が差しかかった頃就寝についた。

繁が目覚めた朝の天気は快晴だった。今日は元旦である、元気よく起きた彼は敷いてある寝具を片付けてパジャマから普段着に着替え、部屋を出てリビングへ入ったら、テーブルにグラスが置いてあり、そこに丸めたティッシュが、二、三個転がっていた。そこで考えた。（こんなことをするのは誰だ）自分としては、昨晩寝る前に綺麗に片付けて休んだ筈なのに、と思ったものの、だが数日前から沙織の体調が悪いと言っている。恐らく彼女が夜中に起きて、トイレに入り戻したのち、気持ちを落ち着かせる為、ここで水を飲んで、ティッシュで口をふいたのだろうと思って、すぐに女性たちが休んでいる部屋の戸をノックしたら、中から由理子が、「あなたこんな朝早く何よ。今日は元旦でしょ、もう少し寝かせてくれる」言われたので、部屋の引き戸を開けて、「さっちゃんは大丈夫か、俺は心配だったから」と言ったら、物音に目覚めた沙織が、「繁さん大丈夫よ。夜中に起きてトイレで戻したけれど、もう治ったから、心配しないで」言われた彼にすれば、気が気ではなかったが、彼女の顔を観たら、それ程苦痛な様子ではないので、一先ず安心した。それにつけても、この頃の沙織の体調には変化がありすぎる、そこで、「さっちゃん、正月明けに病院へ行って、身体の具合診察して貰ったら」聞くと、「繁さん、そうするわ」気さくに応えてくれた。その返し言葉を聞いた繁には、沙織が我が子に思えてくる、それは自分に対し親しく接して、無我の境地で縋ってくることである。最初彼女との関わりは、由理子が招き寄せた女性に過ぎなかった。それが今では一緒に風呂へ入る仲にまでなった。ここまでなれたのは実に画期的なことである。これまで辿ってきた人生で、このように女性から繕ってくるなど、由理子以外になかった繁には、沙織の言動が好ましく思えていた。

そこで部屋の中へ入り、「あのう、二人とも、今朝の食事はどうしますか」聞くと、「あなた朝食は作らなくてもいいわ。私が拵えるから、ゆっくりしていなさいよ」と言われたが、「俺、腹が空いているんだ」言うと、「あら繁さん、そんなにお腹が空いているの、だったらここへいらっしゃい、私の枕元にチョコレートがあるわ、だからこれを食べなさいよ」手招きされて、差し出されたチョコレートを半分口の中へ入れると、それを観ていた沙織が、「繁さん、私にも頂戴」ねだってきたから、「さっちゃんが食べたならまた具合が悪くなるよ、だから食べるのは駄目」拒むと、「いいの、食欲はないけれど、チョコレートは好きだから食べる」言ったので、「じゃー少しだけだよ」念を押して板チョコの欠片を渡した。受け取った彼女は、嬉しそうな笑みを浮かべていた。すると由理子が、「ねぇ、あなた、ここでもう少し寝たら」と言ってから、掛布団を開き呼び寄せた。「ううん」とは言ったものの、沙織が観ている横でまさか寝ることもできないと思い、「俺、いいよ」断ると、「別に遠慮しなくてもいいのよ」そう言われても、女房の布団の中に入る勇気は然程湧かなかった。唯彼女の布団から柑橘系の匂いが漂ってくる。それが由理子の体臭と合わさり、香しき芳香に思えてくる。彼にすればそれは一服の清涼剤にも値する。女性経験の乏しい繁にとって、これまで女性の匂いというものを嗅いだことがなかった。由理子と結婚して知らされた女性独特の匂い、それは母親の匂いとも違う。白粉花に似た官能を擽る匂いと感じた。そして由理子の身体を抱きしめた時、彼女から放たれた香しさは、自我の心を虜にする魅力孕むものであった。繁はそこで取り敢えず上着を脱ぎ、由理子の布団の中へ入り、彼女たちとともに朝のひと時を過ごすことにした。

繁が目覚めたのは昼近くであった。右隣を観れば、由理子がすやすやと、寝息を立てて眠っている。そして畳目を隔てた左をそっと覗けば、沙織が気持ちよさそうな顔で寝ていた。そして自分は由理子とともに布団の中にいる、彼女とはこうして枕を並べて寝るなど、久方振りのことである。沙織が家に住み着く前は、毎晩のように寝ていたが、沙織が来てからは、由理子の布団で寝ることは余りなくなった。だがこのように由理子の傍にいると、彼女の身体から漂う匂いに酔い痴れる。自分はこれまで、女性とは無縁と思い関わりを避けてきた。しかし由理子と結婚してからは、彼女の真心から注がれる優しさに魅了され続けてきた。そしてまた沙織に出逢ったお陰で、その醍醐味が倍増した。二人の女性は彼にとって恐らく、神々しい女神に見えていたに違いない。

そんなことを考えていたら、由理子が起きた。「あら、あなた」呼んだので、繁はバツが悪そうな顔つきで、「あー由理子さんおはよう」答えると、「うふふ、こういうのは久しぶりでしょう」言ったから、「そうだね」返した。すると沙織も目覚めた様子で早速言ってきた。「何が久しぶりなのよ、ねぇ、教えてくれる」そこで繁は返答に困ったが、「それはこの部屋で、俺が寝たのは久しぶりだったからだよ」わざとらしい返事をした。ところが、「嘘おっしゃい、私知っている、由理子さんとチョメチョメするのが、久しぶりなのでしょう」もろに突っ込んできた。そこで彼は一先ず惚けた。「あれーさっちゃんはよくご存じですこと」切り返すと、「だって、由理子さんが、色っぽい溜息をついたのを、私は聞きました」意味深なことを言ってきたので、繁は返答に往生した。そこで由理子が、「沙織、繁さんを余り刺激させせないでよ。もういい年だから、血圧が上がってひっくり返ったらどうするの」言われた沙織は思わず、含み笑いをしていた。

三人は起きだして、それぞれが服を着替えてリビングへ入った。そして由理子がキッチンへ入り、繁が買っておいたおせち料理をテーブルへ並べて、新年を祝う会食が始まった。これは中山家では毎年恒例の行事になっている。繁にとってこの正月元旦の会食は唯一の楽しみである。人生の大半を独り身で暮らしてきた彼には、喜びや楽しみと感じる事柄はこれまでさしてなかった。それが高坂由理子と結婚して、更に石井沙織が我が家へ来るようになり、にぎやかな家庭が築かれた。繁にすればこれが最高の幸せと感じている筈だ。

正月の三ヶ日があっという間に過ぎて、四日の朝になった。女性たちが職場へ行く仕事開始日は明日である。朝食を食べ終わると、由理子が言ってきた。「沙織、今日は病院へ行って、診察して貰いましょう」彼女はそこで素直に返事をした。それは沙織にとって、こんなことで医者に行くなど、今まででは考えられなかった。だが由理子夫妻と暮らすようになってからは、自分に対し何かと気遣いしてくれる、それが彼女には心の支えとなり、幸福感に繋がっていた。しかしここへ至るまでは、本当に凄まじかった。幼少期に付き纏った、虐待という惨たらしい仕打ち、それがトラウマとなり、その残忍な惨劇を背負わされ生きてきた彼女の人生には、灯火となる幸せを齎す、明かりになるものは一つとしてなかった。そして当てもなく歩む人生、それは無意味と称されるものであった。ところが奇しくも中山由理子と出逢ってから、人間らしい生き方を学び、それを実行しつつ歩んできた。それで溌剌とした生き方ができている。人が生きる意義とは、相対する者に抑圧されながらも、生き延びてゆくしかない。もしそれが嫌であれば、孤立した生活環境で生きるだけだ。しかし自分一人で生活を営むのは甚だ困難である。それ故人々が連帯感を持ち助け合えば、幸せな暮らし向きができる。唯世間には癖の強い人間が多くいるのも確か、そしてそいつらの根性が性悪ならば、人に対して極悪非道を重ね、その餌食となる犠牲者も増えてくる。それがこの世の変な仕組みと言わざるを得ない。人が生きてゆくその厳しい掟を、彼女は心得て生きてきた。

由理子と沙織は部屋へ入り、化粧や着替えで身支度を整え、リビングへ戻ってきて、ソファーに座って寛いでいる繁に、「ねぇあなた、これから沙織と病院へ行ってくるわ」言いつけて家を出て行った。二人は十分程歩いて病院へ着いた。院内へ入り見渡せば、正月休みがあったせいで可なり混んでいたが。そんななか由理子が受付へ行き、患者である沙織の容態を、女性職員に事細かに説明した。すると職員から身体の状態を記入する用紙と、ボールペンを渡された。そこで由理子は玄関フロアの椅子に座っている、沙織のところへ来て、「沙織、身体の状態を詳しく聞かせて、私がこの用紙に書き込むから」言われたので、彼女は去年の暮れ辺りから起きた、体調の変化を伝えた、そして由理子が用紙に書き記し、受付へ持って行き女性職員に渡した。職員から、「暫くの間お待ち下さい」との返事で、彼女は沙織の隣に来て、椅子に座り、待つことにした。

かれこれ三十分位経っただろうか。院内のスピーカーから沙織の名前が呼ばれて、すぐに指定された部屋へ、由理子に付き添われて彼女が中へ入ると、女性医師から、「今日はどうなされましたか」質問されたので、暮れから続いている、体調の悪化を説明した。聞いた女医は沙織に問診をしてから、「そこのベッドへ寝て下さい、診察しますから」言われた彼女は由理子に手伝って貰い、上着を脱ぎ上半身を出して、ベッドへ横たわった。女医は沙織の身体に聴診器を当てながら、身体の状態を診察していた。それが終わると、「これから検査して、現在の容態を診断します」と言って傍にいる看護師に、検査書類の用紙を渡した。すると看護師が、「血液検査とレントゲン撮影をしますので、フロアでお待ち下さい」言われて二人は部屋を出てゆき、通路フロアの椅子に座り待っていた。それから間もなく沙織の名前が呼ばれて、処置室へ入り注射器で血液の抽出を行い、それが終わりレントゲン室へ入り、上半身のレントゲン撮影を済ませて、その後待合室で椅子に座って、二十分程度待っていたら、先程の診察室から、名前が呼ばれて、二人が部屋の中へ入ると、女医から検査結果の報告がなされた。それは身体全身には何の病状もなかったが、代りに妊娠の可能性を示す結果報告であった。だがしかしそれが明らかになった訳ではない。そこで女性医師から院内にある、産婦人科の診察を勧められた。沙織は一瞬迷ったが、由理子に縋り付きたい一心で、「ねぇ由理子さん、どうしよう」聞いてみた。「それなら、先生のおっしゃる通りになさい」従う旨の返事が返ってきた。だが沙織にすれば、こんなことになるとは予想もしてない驚きである、しかし自分としては妊娠する可能性は確かにあった。駿とはたった一度きりだが、愛する行為をして彼の種を受け入れた事実はある、それがまさかこんな形で、自分の身体で芽生えて妊娠したとは、そんなことを思っていたら複雑な心境になってきたので、暫し考えた。図らずも駿と出逢った縁は何とも皮肉なことか、だが考え次第では、彼の思い入れが私に対し、妊娠という事実を示した。さりとてあの時駿に抱かれていなければ、自分もこれ程の思いで妊娠することもなかった。今更ながらに悔いが残る。されどこうなったのは駿が私の身体に、自分の形見を残したかったと思えば、気持ちも晴れてくる。彼は既に死んでしまった。しかしもしここにいたなら、何て言うだろう、と思いを巡らしてはみたものの、駿の魂は私に寄り添っている。それを如実に証明できる、妊娠で明らかになったと心に受け入れた。そこで、「先生、私産婦人科で診て貰います」告げたら、女医は検査書類を看護師に渡し、沙織に産婦人科の診察室近くで待つよう指示があった。二人は部屋を出て、医師に指示された場所へゆき、そこのフロアの椅子に座って待つことにした。

やがて沙織の名前が呼ばれ、由理子と部屋へ入ったら、先程診察した女医より、幾らか年配の女性医師が、検査書類を観ながら言ってきた。「これは妊娠している可能性がありますね、それを明らかにする為、もう一度検査をしてみましょう」言ってから、沙織を診察用のベッドへ寝かせ、エコー検査機器を使い、下半身を診察していた。それが終わり、沙織が衣服を整えて椅子に座ると、女医から、「おめでとうございます、お腹の赤ちゃんは、もう三か月になっています、出産は八月頃です」言われた瞬間由理子から、「沙織、おめでとう、駿君の子でしょ、よかったわね」小声で言ってきた。しかしそうは言われても、肝心の駿はもうこの世にはいない。普通であるなら父親となる夫がいてこそ、二人で妊娠した喜びを分かち合えるのに、それが自分一人だけで子供の誕生を祝福する。それは道理にかなっていない、なんとも不条理と取らざるを得ない。されど自分のお腹に宿った子には責任はない。何も知らずに生まれてくる我が子、それを駿が残した子供として、これから私が育ててゆかなければならない。そこに聊か無力感が生じるなどと、色々浮かんでくる思いが頭の中を駆け巡っていた。そこで医師から、今後出産に至るまでの診察や検診など出産準備に関わる、流れの説明がなされた。そして二人は部屋を出て、受付で出産手続きの書類を提出し、それから診療代を払って帰宅した。

我が家へ着いたのは午後二時を過ぎていた。家の中へ入りリビングのソファーへ沙織が座ると、由理子が途中のコンビニで、昼食用として買い求めた、サンドイッチをテーブルに置いた。そして、「沙織、疲れたでしょ、ご苦労様、飲み物は珈琲にする、それとも紅茶にする」聞いたので、「紅茶にする」答えたら、「あなたはもうこれから身重の身体です。だから身の回りの世話は、私が全部してあげる」言われた沙織にすれば何だか恥ずかしくなる。それは駿と付き合い始めた頃、恋愛のイロハも碌に知らず、先んじて男女の交わりを遣ってしまった。その付けが今こうして妊娠したという事実で、明らかになったことである。しかし裏を返せば、それは素晴らしいことかもしれない。もしあの時、駿との行為がなければ、彼のことはいずれ一つの思い出として、いつしか忘れ去るだろう、と思っていたら、「どうぞ、紅茶を召し上がれ」言って由理子がティーカップをテーブルに置いた。それを彼女が一口飲んで、「由理子さん、実のところ、私妊娠していたとは気付かなかった。しかしお腹に我が子ができたことを考えれば、由理子さんへ駿君に抱かれた経緯を先に話しておくべきだった。だから何だか恥ずかしくなります」「沙織、そんなの気にしなくてもいいのよ。誰だって感情の赴くまま、遣ってしまうことがあるでしょう。あなたたちは若いから猶更、それを止めるのは、野暮というの。私たち位の夫婦なら、それこそ露骨なことはできないわ」と言い終えたところへ、用向きで外出していた繁が帰ってきて、「ただいま、あれ、今頃昼食を食べているの」言ったので、「あなた、驚かないで、沙織が妊娠したの」「へー、それは目出たい、駿君の子供だね」「そうよ、あなたも薄々気付いたでしょう」「うん、さっちゃんは年末から大分具合が悪そうだったが、でも顔色はよかったから、もしかしたら赤ちゃんができたかなと、俺は思っていた」繁は我がことのように喜んでくれた。それは沙織にとって気持ちが弾み、更に駿に対して持ち続けていた、深い悲しみが一段と薄らぐ思いであった。そこで由理子が、「去年の暮れから、夜中にトイレへ行って戻していたから、もしかしたら、妊娠の兆しで悪阻かなと思っていたわ。私は出産の経験がないから、解らないけれど。でもそう思えたのも、女の勘かしら。沙織おめでとう、何はともあれ、あなたが無事でよかったわ」言われたが、稍《やや》不安げに、「由理子さん、私これからどうすればいいのですか。ちゃんと教えて下さい」「そうね、もし駿君が生きていたなら、すぐにでも区役所へ行って、婚姻届けを出すのが当然でしょ、でも駿君はもう亡くなったから、今後のことは、繁さんがうまく取り計らってくれるわよ」「おいおい、それはないだろう。みんな俺任せか」「そうよ、あなたはなんたって沙織が産んだ赤ちゃんの見守り役だから」そうは言われてもはてさてどんなもんか、と考え込んでしまったが、思い直して、「うん、任せなさい」言い切り、二人に笑顔を見せた。そこには彼の心中に、彼女たちを支えてゆく、気持ちの高まりがあった。（みんなこの俺を信じている、それ故そんな言葉が気軽に言えるのだ。これも生きていればこそ味わえる、人生の妙味だろう）と心に確り留め置いた。

沙織が尚も不安そうな顔つきで言ってきた。「ねぇ私このまま、赤ちゃんを産んでもいいの」「沙織何を言っているの、お腹の子は駿君の大切な形見と思いなさい。愛の形として、あなたのお腹に折角宿してくれたの、それを大事にするのがあなたの務めです。後のことは、私と繁さんが生まれてくる子を見守ります。だから沙織は何も心配することはありません。自信をもって健康な赤ちゃんを産めばいいの」言われた沙織は頷いて、目がしらに滲み出た涙を、ティッシュペーパーを使いふき取っていた。彼女にすれば、急に起きたこの事態は、予想もしてなかった。唯身体の不調で生理が遅れていたのは確かである。しかしそれが、妊娠ということには当て嵌まらない。駿とは、一度だけの結び付きだったが、それがこんな結果になったとは、自分がしでかした行状に、読みの甘さを改めて思い知らされた。

「由理子さん、本当に有難うございます。私これからずっと付いてゆきます」言い終えた沙織を、由理子は胸元へ引き寄せ抱きしめて、右手で背中を摩り、「よしよし」と言いながら、励ましてくれた。この時沙織は、今の自分は一人ではない安堵感に満たされ、尚も彼女から注がれる思い遣りの優しさに癒されていた。そして駿を思う気持ちから蘇りを感じていた。彼は若くして天寿を全うし、自分の子供を私に託して、儚くも去っていった。でもそれを引き継ぐのが私の務めです、しかし今思えば、まさかあなたの子供をお腹に宿しているとは、知らずにいた。それに私自身は幾分戸惑っています。と語りかけたい気持ちにもなったが、自分が置かれている現在の立場を考えた場合。この授かった境遇が尤も最適だと思っていた。

されど育ってきた過去を顧みれば、心もとない立場に置かれていた時期もあった。それは幼少期、母親から浴びせられた言葉であった。（おまえなんか、産まなければよかった！）その言葉に疑問を抱いた沙織は、母の知り合いに聞いて回り、自分の出生に至るいわれを知り得た。その理由とは、横暴な父親に力ずくでレイプされ、孕んだ腹の子を堕胎するか、それとも産み落とすか、母親が散々思案した挙句、生まれた経緯を聞かされた時、彼女は愕然とした。自分はこの世に生まれるべき子供ではなかった。それがその後心理的打撃となり、人を信じることができなくなっていた。所謂、心的外傷が引き起こす障害を克服して、彼女はこれまで生きてきた。なので男性に対する恋愛感覚も、余り持ち合わせていなかった。そこへ現れた佐藤駿、彼から打ち明けられた結婚を前提とする告白、それは彼女にとって予期せぬロマンスであった。新入社員として入社してきた佐藤駿、その時研修を担当したのが沙織だった。そして彼はその後沙織の部下となり、昨年会社が立ち上げたプロジェクトメンバーに入り、ともに営業業務に日々精進してきた。駿は上司の沙織に対して従順に勤めてくれた。その姿を観ていた彼女は、人へ対する偏見を解消することができた。それは駿の支えがあったからと思っている。でも今は愛しき彼氏の佐藤駿はもうここにはいない。そして姿さえ観ることも叶わない。そういう数々の事柄を思い巡らせば、心の中は真っ暗になってしまう。だが駿のことを考えれば考える程、限りない思いが殊更募ってくる。（あんなにも私を優しく労わり、私の我が儘を素直に聞き入れ従ってくれた駿君、こんな年上の私を恋人として可愛がってくれたわね。でも今の私は一人でも、子供が生まれたなら、あなたの分身として、我が子を立派に育て上げます。だから心配しないで下さい。あなたは私たち親子を温かく見守って下さい）と沙織は溢れ出る思い出を胸中で呟いていた。でもそうは思っても、心内には切なさも多分に残る。しかしこれから先のことを考えれば、何があろうとも、自分は将来を見据えて歩み続けてゆくしかない。この私を心の底から支えて貰えるのは由理子さん、と彼女に縋り付きたい気持ちになっていた。

正月休暇も過ぎて、仕事始めの五日になった。この家の人たちは新しい年になり、志新たに、思い思いに抱負を掲げ、邁進してゆく誓いを立てた。沙織は生まれてくる子供の為、新たな気持ちで一歩を踏み出した。そして由理子夫妻も生まれてくる、沙織の子供を養育する為、気持ちを引き締め、来るべき日に備えていた。

沙織は妊娠したことで、心内に動揺が生じないよう、モチベーションを再度確認していた。それは新進産業営業本部第一課の課長に任命された自分が、結婚もしないで子供を孕んだ。そのことに関し他人から非難を浴びない為の対処の仕方である。本来なら役所に婚姻届けを出して、配偶者がいる立場なら兎も角、結婚もしないで腹に子を宿した。それを第三者から観れば、父なし子を産もうとする、浅はかな女と観られてしまう。だが彼女にはそれに立ち向かう強固な信念があった。それは人間性を尊重した思想である。そこには誰が何と言おうとも、私は幸福を追い求めてゆく。その強さがあったから、これまで歩んできた人生で、人に対して物怖じすることはなかった。そりゃ、この腹に宿った子を堕胎すれば簡単。それで一件落着、こんな厄介な面倒臭さもあっさり済んでしまう。でもそんなことをしたら、駿君に申し訳が立たない。彼は亡くなったけれど、駿君の魂は私の傍にいつもいてくれる。だから子供を授かったの、これから母親になり、子供を持つ女性として生きてゆきます。世間には私のような女は大勢いる。しかし私は私なりの子育てをしてゆく。それでも時には育児に挫折することもあるでしょう。その時は由理子さん夫妻にお願いすればいいと思う。だって私にとって由理子さんは助けて頂いた救い主です。いじけた私の精神を見事に立ち直らせて貰い、そして生き続けてゆく人間の尊厳をとことん教えてくれた恩人、もし由理子さんに出逢っていなければ、今の私は性根が腐った擦れっからし女になり、世間から爪弾きにされ嫌われ者になっていたでしょう。沙織は腹に子を宿したことが一つの転機になっていた。それはシングルマザーとしての生き方である。独り身の女でも子供を産んで育てられる。世の中には結婚して夫婦になっても、お互いに価値観の相違があり、離婚する男女はごまんといるが、自分には華々しい恋愛経験はない。しかし駿の子を妊娠したことが、新たに授かった命とともに歩みだす、一歩と感じていた。

年始ムードも幾らか遠のき一月中旬を迎えた。沙織の体調は以前より回復し、急に悪阻を催すこともなくなり、普段の暮らし振りに戻りつつあった。彼女自身職場では、営業部第一課課長のゆるぎない立場で、職務に専念するキャリアウーマンとして、日々努めている。しかし家に帰れば由理子に頼り切って甘える、幼さがある女性、その沙織には気にないなかった。

ることが一つあった。それは自分が妊娠した事実を、由理子夫妻以外、他の誰にも話して

　だがもう一人伝えておきたい人がいた。それが駿の母親である。沙織としては母親に話すことに聊か不安があった。もし彼女が生まれてきた子を引き取ると言われた時、それを無理にでも断る勇気はなく、伝えるのを躊躇っていた。そこで自分の思いを由理子に打ち明けることにした。とある休日の昼下がり、リビングのソファーに座り、寛いでいる彼女へ、「ねぇ、由理子さん、私の話を聞いてくれる」「いいわよ」「私駿君のお母さんに、妊娠したことを伝えたいと思うの。どうでしょうか」「そうね、私は賛成よ。でもお母さんが何とおっしゃるかしら、それが問題。もし自分が生まれた子を引き取って、育てると言われたら、沙織は困惑するでしょ。あなたが産んだ駿君の大切な子供、それが台無しになってしまう」「だから私は迷っています」「沙織しっかりしなさい。たとえお母さんが何と言おうとも、自分が育てますってはっきり言いなさい。あなたが曖昧な態度を見せては駄目ですからね」「はい、でも少し不安です」「何言っているのよ、今からそんなのを不安がっては、この先どうするの、生まれてきた子供を育てることもできないわよ」「でも由理子さんはそう言うけれど、私の身にもなってよ。これから子育てと仕事、その二つを両立しなければならないわ」「あら、またそんなことを言っている。わからずやの娘ね。いつも言っているで

しょ。私に頼りなさいって、そのことを忘れないで、沙織さん」「由理子さん、すみません、私このまま仕事をずっと続けてゆきたいの、だから子育てを手伝って下さい。お願いします」「いいわよ、子育ては大丈夫です」言い終えると、少し考えながら、「うん、繁さんは子供が好きだから、安心して育てて頂けるわ。私も仕事が終わり、家へ帰ってきたら手伝います」

それを聞いた沙織は安堵の表情を浮かべた。ところで由理子が何故繁の名を出したのか。それはいずれ解るが、彼女はとにかく繁と沙織を密接な間柄にしたかった。そこには亭主への心配りという、思惑があった。

女性は妊娠してからある程度経つと、精神的に情緒不安定に陥りやすいのか、沙織も例外なく、そこに差しかかっていたと思われる。だが気丈な彼女は由理子の力添えで、より一層強い気迫が持てた。そして今までのような気分が落ち込む状態を打破することができた。

それから数日経って、駿の母親へ連絡を取り、彼女の都合のいい日に自宅へ訪問して、自分が妊娠していることのあらましを話し伝えた。それを聞いた母親は最初驚いたが、今後のことは沙織にすべて任せるとの返事が返ってきた。その言葉を聞いて沙織は嬉しかった。もし駿君の子供を引き取ると言ったなら、自分には太刀打ちできない。折角授かった駿君の子を、彼女の一存で決められたら、私との関係がこの先覚束なくなるのは明らか、とこの成り行きが決着してほっとした。

寒さ厳しき冬から、やがて桜咲く春の季節へと移り変わり、四月に入った。沙織は去年の同時期を思い出していた。会社が打ち出したプロジェクト、営業部門では自分が中心となり、慌ただしく繰り広げてきた一年間、そこには嘗《かつ》てない程、多彩な出来事が通り過ぎていった。そして残されていたプロジェクトは今完結に至った、もしここに駿君がいたなら、彼もきっと称賛してくれるだろう、と思いを馳せていた。だが彼女としては未だ駿に対する心残りがあった。それは駿とともに勤め切ったプロジェクト、相手方の会社へアポイントを取り、仕事の受注を懇願する為走り回った毎日、その任務がやっと終わりを迎えた。でも沙織自身の心中には、彼がいない寂しさなのか、ぽっかり空いた空白をふさぎきれていない、物足りなさが多少なりとも残っていた。

新年度に入り、新進産業株式会社は例年通り、新入社員が入社してきた。沙織も新入社員の研修に加わり、社員を指導教育する、立場である。しかし今年は例年とは違い妊婦である、お腹の子も安定期に入り体調も大分落ち着いてきた。そこでいずれ出産日間近になれば、産休を会社に申請して、承認を得なければならないと考えて、会社で一番信頼している、副社長に妊娠した経緯を事細かに申し伝えた。すると副社長は快く承諾してくれた。そして副社長の指示で、山本営業本部長にも妊娠した経緯の一部始終を話すと、産休を快諾して貰えた。そこで山本本部長から、「がんばれ！」と励ましの言葉が返ってきた。これで出産準備はすべて整った。こうした手順を踏めたのも、由理子が手際よく導いてくれたおかげである。彼女はそこで緩やかな気持ちになり、心地よさを感じていた。だが何故そう思えるのか、そこには沙織の心を深く傷つけた、忌まわしき親の虐待があった。それにより生じた傷跡、それを修復することは不可能である。彼女はその親との関わりをこれまで拒絶してきた。そしてこれからも関わりを持つことは絶対にない。沙織の過去には痛ましい仕打ちが何度も繰り返されてきた。それはすべて両親から仕掛けられた、躾と称する虐待であった、人の心に潜む邪悪な塊、それが牙をむけて襲いかかる。恐怖慄く怖さを体験した幼少期、幼児に対し愛情の欠片もない、おぞましき所業、それは人として生きる者が遣る行いではない。人は相手に対して思い遣りの精神を持って接するのが人の道である。しかし沙織はそれを知らずに大人になった、だが由理子と出逢い関わりを持つようになってからは、全く違う世界観を知らされた。それは人間が本来持つべきヒューマニズムの基本思想である。そしてそれが沙織の心を修復させることができた。

それから月日は流れてゆき、沙織のお腹が少し大きくなった頃、通院している産婦人科で、定期検診があり、医者の勧めでエコー検査を受けた。そして医者から伝えられた結果は、お腹の子は女の子と判明した。彼女にすれば、それは意外であった。駿の生まれ変わりであるから男の子なのに。何だか当てが外れた感じである。しかし男の子でも女の子でも健やかに生まれてくれればいい、それが何より駿へ手向けになると思った。そして由理子夫妻も沙織の出産に向けて赤ん坊の産着や、養育に必要な物品の購入を夫婦揃って買い出しに専念していた。更に沙織と生まれてくる子供の為、由理子が今まで使用していた部屋を模様替えして、育児用のベッドを設置し、沙織の初産に準備万端整えていた。

初夏が過ぎて梅雨時期も去り真夏になった。沙織は産休を八月いっぱい取ることにして会社に申請し許可を得た。しかし蒸し暑い夏場の出産は一苦労である。我が家から病院へ定期検診で通う道程は、殆どタクシーを利用していた。八月も数日経ち五日の朝になった。沙織は昨夜から今朝がたにかけて軽い陣痛があり、それを我慢していたが、朝食時になったら痛みが増したので、たまりかねて由理子に話した。するとすぐに病院へ行ける手配をすべてしてくれた。そして、「沙織、私は仕事で行けないけれど、繁さんに病院まで付き添って、出産を見守るよう言っといたから大丈夫よ。後は健康な赤ちゃんが早く生まれるのを祈るわ」「由理子さんすみません」「沙織、何を言っているの、私たちに気遣いは無用よ」

そこで由理子に深い情愛を感じた、それは自分が遣らかした無茶な出産を、責め立てることもなく見守ってくれた。その深情けの心遣いである。普通なら正式に結婚して子供をもうけるのが真っ当なところだが、成り行き任せに妊娠した自分を、叱りもせずに支えて貰えた。それは彼女でなければできない、心温まる優しさだと思った。

由理子が電話連絡したタクシーが自宅マンションの玄関に来た。その知らせを聞いた繁は、出産準備として纏めておいた、バッグを持ち、沙織に付き添いタクシーへ乗り込んで、病院へ向かった。十分位乗ってタクシーは病院へ着いた。繁は車代を払い沙織に気遣い車を降り、一緒に病院内へ入り受付で事務員へ話すと、看護師を呼んでくれた。看護師の案内で診察室へ入り、産婦人科の医師が診察をしてから、その後看護師に付き添われて病室へ行き、そこのベッドで妊婦服に着替えて待っていると、急に陣痛が激しくなってきたので、沙織が咄嗟にベッド横にある緊急ボタンを押した。すると看護師が来て容態を観るなりすぐにストレッチャーに載せられて、分娩室へ向かって行った。その間繁は、落ち着きのない様子であったが、沙織に対し、気持ちを注ぎつつ見守っていた。

分娩室の前まで付き添ってきた繁は、取り敢えず通路にある椅子に座り待つことにした。それから可なりの時間が流れてゆき、彼が痺れを切らした頃、分娩室の中から赤子の泣き声がした。それに気付いた繁は思わずその場でガッツポーズをとった。赤ちゃんの誕生である。これは繁にとって迸る喜びに思えた。そこには妻由理子に対する思い入れがあった。彼女にはもう出産は無理と諦めかけた矢先、それが我が娘といえる沙織が容易ならんなか出産した。それは正に天から賜った尊き授かりものである。例え血は繋がらなくとも、沙織は自分の娘にも等しい存在。だからこそ沙織の子供は我が孫に思えてくる。それが彼の本心、そしてこの子を見守るのは自分の使命だと思った。

繁が何げなく腕時計を観たら午後一時であった。ここの病院へ来たのは午前九時頃、あれから四時間経って沙織は出産した。由理子から聞いていた話では、出産する女性の体調にもよるが、丸一日以上経過して出産する人もいると聞いていた。それを思えば沙織の出産は軽かったと一安心した。繁はすぐに由理子へ沙織が出産したことをメール送信した。それから間もなく送られてきたメールには、仕事が終わり次第駆けつけるとの文章が添えてあった。

繁は分娩室の前で幾分緊張しながら、部屋の扉が開くのを待っていた。そして数十分位経っただろうか。分娩室の扉が開いて、女性の看護師に抱かれた、産着に包まれた赤子が出てきた。そこで看護師から、「女の子ですよ、おめでとうございます」言われた繁は思わず近寄り、おどけた顔をしたが、赤ん坊はそれも知らず眠っていた。

彼は看護師の後に付いてゆき、新生児室の前で立ち止まると、この部屋の通路沿いで待つように言われた。そこにはガラス窓越しに見える、新生児数人がベッドに寝ている姿があった。やがて看護師に抱かれた赤ちゃんが、その一角のベッドへ置かれた。それはまるで穢れなき天使のように思えてくる。そんなことを思い描いていたら、部屋から出てきた看護師が、「娘さんは産後の処置をしてから、部屋へ戻ります」と言ったので、繁は元いた場所、分娩室の前へすぐ戻ってきた。

程なく分娩室の扉が開き、ストレッチャーに乗せられた沙織が出てきた。そこで近寄り声をかけた、「やー、さっちゃん、おめでとう、赤ちゃん観せて貰った、本当によく頑張ったね」「繁さん有難う、私お産に時間がかかるかと思っていたら、軽く済んでよかった。これも繁さんと由理子さんのお陰よ」言った沙織の目には涙が少し滲んでいた。そして繁はストレッチャーに乗った沙織の後に付いてゆき、先程の妊婦専用の部屋へ入った。そこで看護師数人で、沙織をベッドへ置いてから、「ではよろしく」言って、看護師たちは部屋を出ていった。その光景を見ていた繁が、「さっちゃん、お疲れさま、体調はどうなの」「うん、大丈夫よ」「それはよかった。それで由理子に二回目のメールで女の子が生まれたって送信したから、仕事が終わったら来ると思う」「繁さん、すみません、何から何まで面倒見て頂き感謝しています」「さっちゃん、そんなの気にすることないよ」「でも私自分のだらしなさで子供を作ってしまい、それで繁さん夫妻にお世話になったの、だから心苦しいです」「さっちゃん、何ていうことを言うの、私たちは君を家族と思うから、させて貰うのだ、そんなこと由理子さんに言ったら怒るに決まっている」言われた沙織の瞳には大粒の涙が溢れていた。それは彼女の思い過ごしか、駿との間にできたいわく付きの子供、そのことが心の片隅に引っかかり、このような言葉になったのだろう。しかし人が歩む人生には、それぞれ何某かのいわくはあるものだ。それを克服してこそ歩める人生、沙織はそれから心に残る色々な思いを、繋に打ち明けて、落ち着きを取り戻していた。

その後ベッドに寝ている沙織は退屈なのか、繋に対し、しきりに話をしてくる、それを彼は黙って聞き入っていた。やがて時間は流れて夕刻になった。すると部屋の戸をノックする音がしたので繋がドアを開けると、そこに由理子が立っていたから部屋の中へ招き入れたら、「沙織おめでとう、女の子だってね。よかったわ」その喜びように彼女は感激して、更に駿の子供を産んだ嬉しさが込み上げたので、「ねぇ、由理子さん、私駿君の子供を産んだよ、駿君、喜んでくれるかな」聞くと、「沙織、駿君もきっと喜んでいると思うわ、二人の愛に育まれて授かった子供ですもの」「あーよかった、由理子さんに喜んで貰って、私とても嬉しいです」「沙織幸せね、あなたを観ていると、こっちまで幸せが伝わってくるようだわ」

そう言うと、由理子は沙織の身体を両腕でそっと包み込んだ。それが当然の如くできるのは、お互いに愛しく思う恋しさあるからだ。二人の繋がりはかれこれ十年になる。これ程熱烈といえる関係を築き上げるのは、そんなに容易くできない。彼女たちは出逢うまで全くの無縁であった。それがこんなにも親密な間柄になれた。だがこの繋がりをここまで保ってこられたのは、一言二言では言い表せない理由があった。人はそもそも自分本位の考え方で生きている。そこには相手に対する気遣いはない、ところがこの二人には、相手を只管思う、思い遣りの精神が根付いていた。だからこうした関係が出来上がった。でもそこまでの繋がりを築くのは簡単ではない。この十年間には双方口汚く罵ったことは数々あった。そして由理子が沙織を遠ざけた時期もあった。だが確りとした繋がりを持った以上、そう易々とは切れなかった。それがここまで続いてきた二人の絆である。

そこで沙織が彼女の顔を観て、「ねぇ由理子さん、私の赤ちゃん、観てくれる」言われて、繁とともに新生児室へ向かった。新生児室は部屋を出た真向かいにある。その場で立ち止まった繁が指をさし、「あそこにいるのがさっちゃんの娘だよ」「あら沙織に似て顔がふっくらしている。あの子も幼い時この赤ちゃんと、同じに可愛かったのかしら」「俺もそう思う」「じゃー、私の幼い頃はどうだったか解る」「きっと可愛かったと思う」「まぁ失礼しちゃう、何故当てずっぽうで言うのよ、癪に障る」「だって急に言われても困るよ。君は今でも、可愛い奥様です」「まあ、あなたったらずるい人。私の話をはぐらかして惚けているわ」「由理子さん、すまん、でも俺そんな心算で、言ったのではないよ」「じゃー許してあげる。それで話はちょっと変わるけれど、今晩から私はあなたの部屋で寝るのよ、それでもいいの」「もちろん、いいよ。君とは新婚の時以来だ。さっちゃんが家に来るようになってから、二人の布団を並べてともに寝たことはなかったね」「あら、変な気、起こさないで下さいね。私の部屋を片付けたのは、沙織が家へ戻ってきたら、赤ちゃんと二人にしてあげたいから、部屋を模様替えしたのよ」「あーそうだった。俺は由理子さんと寝られるのが楽しみだな」「それはよかったわ、旦那様、私も楽しみよ。それで沙織に話があるから、部屋へ戻ります」

二人は部屋へ戻ると、沙織が起き上がり、由理子たちが来るのを待っていた、そこで、「沙織、もう起きてもいいの」聞くと、「だって私病気で入院している訳ではないわ」「それも、そうね、それで出産疲れはなかったの」「ううん、大丈夫よ、通常分娩だから。私思った程疲れなかったわ」「そうなの、でも沙織、お産が軽くてよかったわ。これも仕事で日頃から身体を鍛えているせいよ」「由理子さん程ではないわ」「あら、沙織だって毎日営業でお得意さん回りしているでしょ」「由理子さんの仕事から比べれば、私なんてたいしたことないわ」と言ったら繁が割り込み、「君たちが会話すると、話が止まらなくなる」「あら、御免なさい。繁さんはおとなしいから、私たちとお喋りをすればいいでしょう」「でもそう言われても、話題がないから」「だったら、黙って私たちの話を聞いてなさいよ」「由理子さん、それを言っては繁さんが可哀そうだわ。今朝早くから私に付き合って頂いて、赤ちゃんを産めたのも繁さんのお陰です」「そうね、あなた本当にご苦労さまでした」「いや、そこまで言われては、恐縮してしまう」「うふふ、繁さん、素敵よ。沙織もきっと心置きなく出産ができたと思う、本当に有り難う」

和やかに会話をしている最中、看護師が夕飯の食膳を持ち、部屋へ入ってきて、沙織のベッドにある、移動式のテーブルへ膳を置くと、「どうぞ、お召し上がって下さい」言ってからすぐに出ていった。すると由理子が、「あら、もうこんな時間、沙織お腹が空いたでしょう。私たち帰るわ、じゃーゆっくり食べてね」気を利かせた心算だったが、「もう帰るの、由理子さんもう少しいて下さい。私一人になるのはいや、だから食事を食べ終わるまで傍にいて欲しいわ、お願いします」「はーい、解りました、沙織さん」それは宛も娘が母親に甘える仕草であった。この言葉が気兼ねなく言えるのも、二人の間には妨げとなる遮るものがないからである。人は相手に対しとかく疑念を抱いて蔑視する。それは素直ではない人間の醜さになる。本来人間というのは清らかな水の流れの如く、心模様が透き通っているのが正しい。その教えに基づく理念で、沙織は由理子によって他者を凌駕する、人間性が身に備わった。だがそこへ至るまで、多くの困難を乗り越えてきたのは事実である。

彼女が食事を食べ終えるタイミングを見計らい、由理子が言ってきた。「沙織、病院食を食べた感想聞かせて」「そうね、余り噛み応えがないわ」そのメニューとは、ご飯に味噌汁と、中華風の野菜炒めであった。「うん、解る、恐らく冷凍野菜を使っているのよ。沙織少しの間我慢して、家へ帰ったら、繁さんに美味しい料理を拵えて貰えるわ」「えー、今度は俺の番か」「そう、あなたは家の料理番です」「なんだ、そういうことか、だったら任せて。さっちゃんと赤ちゃんの食事は俺が作るよ」「あら、赤ちゃんに食べ物を食べさせるのはまだ早いわ。暫くは沙織が母乳で育てるから」「そうだな、じゃーさっちゃんのお乳がいっぱい出る料理を作ろう」「繁さん、お願いします」沙織が笑顔で答えると、「そろそろ私たちも帰るわ。それで繁さんは明日午前中に、来させるから心配しないで、私も仕事が終わったら、駆けつけるわ」言ってから、由理子と繋は部屋を出ていった。

沙織はそこでしんみりした気分になった。それは万感の思いというのか、これまで通り過ぎてきた有様が心に浮かんだ。顧みれば自分の人生には由理子さんがいたから、我が子を産んで今の自分がこうして幸せを掴むことができた。もし由理子さんがいなかったら、この私はいったいどうなっていたのか解らない。高校へ入学と同時に家を出て、懇意にしている友人の親が経営している借家を借り、バイトの稼ぎで家賃と生活費、そして授業料を払い、働いて溜めた貯金で大学を受験して合格、その後仕事と学問を両立し大学を卒業して新進産業へ入社、そこで出逢った先輩の中山由理子さんと親しい関係になり、その繋がりが今に至るまでずっと続いてきた。自分には両親から散々虐められた過去がある。だから心が捻くれ真面な生き方はできない筈、それなのに人として正しい生き方を教え、誠実な女にしてくれた由理子さん、私は彼女の傍にいれば気持ちが癒されてさわやかになれると、浮かんでは消えてゆく思いに、心静かに浸っていた。

由理子夫妻は病院前で客待ちしていたタクシーに乗り、自宅へ帰ってきた。家の中へ入ると、「ねぇ、あなた、今日は二人だから、夕食は出前でも注文します」言ってきたので、「出前なんて勿体ない、俺が夕飯を拵えるよ」答えたら、「あら、大丈夫なの、今日は一日中沙織に付き合って、お疲れになったでしょ」「大丈夫だよ、俺はまだまだ若い心算だから」「あらまぁー素敵！　頼もしいお方ですこと、では元気なところを、確かめてもいいかしら」言うと、いきなり胸元に耳を当てた、「おいおい、くすぐったいよ、君はストレートだな」「だって頼もしい旦那様だから、胸の鼓動を聞きたかったの、駄目ですか」「いや別に構わないが」「だったらいいでしょ、私たち夫婦よ、妻から夫へ愛情の確認をしたかったの」

彼女は繁の分厚い胸板を両腕で交差して、お乳部分に顔を埋め抱きしめてきた。そこで繁は由理子をそっと抱きよせ、暫しの抱擁を楽しんだ。彼にすればこのようなシチュエーションは久しぶりである。自分にとって妻由理子は最愛の女性、しかし自分の女房であったとしても、こちらから強引に求めることはしない。それが男の心得と思っていた。こんな男に惚れてくれた由理子、そう考えれば彼女は宝物に匹敵する女である。世間では夫のDVで苦しんでいる女性は多い。それは女房に対して過度な要求をしても応じない為、言葉や暴力を使い相手を威嚇するのだ。己の不甲斐なさを、妻をいたぶる事で解消させる。

それが男の情けなさの骨頂といえる姿である。でも俺はそんなのとは無縁だと思っていた。

わずかな時間が流れて由理子が言ってきた。「繁さんと結婚できて、私はとても幸せです。だって沙織には可哀そうですが、こうして私を抱きしめてくれる、あなたの優しさが感じられる。沙織は駿君という彼氏はいたけれど、別れも告げず旅立っていった。女心も顧みず、自分の思いのまま突っ走って、事故で死んだ。人の死はいつ何時何処で起こるか解らない。だから繁さん、私を置き去りにしないで守って」

そう言われても言葉の返しようがない。しかし彼女を悲しませることはするまいと、「由理子さん、僕は君が愛おしくて堪らない。でも人の寿命には限りがある。そう思ったら、この与えられた今の時間を楽しむのが賢明な生き方と思うよ」答えたら、「うふふ、あなたが言いたいことはよく解ります。それでは」言ってから彼女は何を勘違いしたのか、着ている服を脱ぎ始めたので、「おっとっと、そうじゃないよ、俺が言いたいのは、由理子さんを可愛がることだ」「あら、まぁ、私そんなにも可愛いかしら、もう四十路半ばに入った年齢なのに、そう言って下さるのはあなただけです。では褒めて頂いたから私が今晩の料理作るわ。でも繁さんも手伝って下さいね」言うと、エプロンをつけてキッチンへ入った。繁もキッチンへ入り手伝うことにした。

彼にはこうした会話のやり取りが喜びに感じる。こんな俺如き男をこよなく愛してくれる、我が女房の言いなりになるのが。繁自身ここまで歩んできた人生の中で、彼女程自分を理解してくれる女性はいなかった、男に生まれ好きな女ができた。しかし相手が自分に理解を示さなければ、一方的な恋で終わってしまう。そんなことの繰り返しをしてきた彼にとって、高坂由理子という女性は実に素晴らしい存在に思えていた。その時、「ねぇ、今晩の夕食はチャーハンでいいわね」と言ったので、「はーい」答えたら、「あなたったら、やんちゃな坊やみたい」「えー、どうして」聞くと、「だって、私に甘えているみたいだから」「そうかな」「でもいいわ、甘えられるのも久しぶりです」言った言葉はさながら、戯れとも聞こえてくる。だがこういうささやかな会話を楽しみながら、この夫婦は満喫した家庭生活を送っている。そしていつもの夕食時間には多少遅れたが食事作りを開始した。

夕食の炒飯ができた。由理子が皿に盛り付け、リビングのテーブルに置いて繁に、「あなた、ビール呑みますか」聞くと、「うん呑もうか」応えたので、冷蔵庫から瓶ビール二本を出し、それに食器棚からビールグラスも二つ出して、テーブルに置いてから、「おつまみはシュウマイにするわよ」言って再び冷蔵庫から冷凍シュウマイを出し皿に盛り、電子レンジで温めてテーブルに置いた。二人は漸く落ち着き、椅子に座り夕餉の団欒を迎えた。そしてビールで乾杯をしてから、和やかな夫婦の会話が始まった。「あなた今回沙織の出産に立ち会って頂き有難うございました。思えば十年前、山本課長から入社してきたあの娘の指導係に、私が任命されたのが縁となり、繋がりをここまで保つことができました。それもすべてあなたのお陰です。感謝しています。もしあの時、沙織と繋がっていなければ、今の私はどうなっていたか解りません」「それはどういうこと」「うん、私沙織と付き合ってから暫く経って、あの娘が私に頼るようになり縋ってきたの、そこで私は考えました。こんな私でも縋ってくる女性がいる。そう思ったらこの娘を放っておけなくなったの。そこである時沙織の身の上話を聞いて、この娘は私が面倒を見るしかない。そんな思いに駆られました。両親から虐待され、心が荒み切った彼女を救うのは、この私だと、感じたの、それから今日に至るまで、沙織はこの私をずっと頼りにしてきた。今回あの子が妊娠して、出産したでしょ、これが世間の風潮ならば、お腹の子を堕胎するのが当然かもしれない。でもあの子の身の上を考えた場合、それはできないと思った。だって親から散々虐められて、その挙句この世の中に生まれるのを拒まれた娘です。そんな不憫さを思ったら、殊更情が湧いてきました。これまであなたには本当に迷惑をかけたと思う。でも私はあの娘がいたから人への思い遣り、そういう心遣いができるようになりました。私はあなたと結婚して色々なことを学びました。そして沙織と出逢い彼女からも多くを学んだ。人間としての人格を形成するには、人の繋がりが最も重要と思ったの、今の私が幸せなのは、繁さんの優しさに抱かれているからです」

繁はそこで考えさせられた。こんな俺如き男の女房になってくれた由理子の賢さを、彼女と出逢いそれから暫くして求婚された時、どうするか迷った。ところが由理子の熱烈なラブコールに屈した。それがあったから今の俺がいる、この流れを改めて思い起こせば、高坂由理子と結婚したことが、自分には何よりも勝利に思えてくる。

そしてビールを呑み、つまみのシュウマイを食べながら、ほろ酔い気分になったところで、彼女がグラスを持ち面白いことを言ってきた。「これ私と同じみたい」「それはまたどうして」「だっていつも使っているグラスでしょう、私と同じで家でいつも重宝に使われているわ」「ふーん、面白いことを言うね」「これってさー、必要性があるから役に立って、重宝に使われているの。人間も同じではないかしら、私はあなたにとって必要不可欠な女でしょう」「そうさ、俺には君が絶対に必要な女性だよ」「うふふ、繁さんにそう言って頂き有難いわ、でも世間には人としての存在価値を問われる輩はいっぱいいます。そんな愚か者と私は関わりを持たなかったから、今自分が健全でいられるの、これも繁さんに見初められたお陰よ」「由理子さん、俺は君と結婚できて、誇りに思っている」と答えたが、確かに彼女が言ったことに間違いはない。だがこの問いかけを、無意味だとあっさり切り捨てることもできる。しかしこの女性が持っている物事に対する認識の鋭さと豊富な知識は、世間の常識から比べれば数段上である。

一般的に物事に対して人は当り障りのない考え方を示す。でも彼女は一般人とは違った高度な思考力を堅持している。そこへ至ったのは彼女がこれまで歩んできた、人生遍歴に理由があった。繁が由理子に初めて出逢った時の印象は、世間のここかしこにいる。さして代り映えしない、ごく平凡な女性であった。然るにそれはあくまでも外見から見た風貌であり、中身自体はとんと知る由もなかった。ところが真剣に付き合い出してから、彼女の魅力に嵌る快適さを知らされた。それは今まで積み重ねてきた、人生の経験とでもいうのか。それが齎す効果で、彼女は人への対応の仕方がとても穏やかであった。それを例えて言うなら、相手に対して優しく応じられる心遣いである。繁もその優しさに心行くまで恩恵に浴してきた。だが自分だってこれまで歩み続けてきた人生で、苦労は散々してきた。だから人へ対して優しく応じられる。それが自分には当然できるのだ、と思っても、それを若い由理子ができている。そして更に、彼女には謙虚なところがある。それを知った時繁は、由理子を速やかに迎え入れる、結婚を決意した。

そして由理子から、「ねぇ、あなたとこうして落ち着いた時間を過ごせるのも久しぶりね。私あなたと結婚してすぐに沙織が家へ来るようになり、あなたを大切にすることができませんでした。本当に申し訳ありません。それでこれからあなたに沙織の赤ちゃんを育てて貰うことになるわ。私も沙織も仕事で我が家にいない時、あなたが赤ちゃんの世話をするの、それを引き受けて頂けませんか?」と問われたが、何でそんなことを俺が遣るのか些と疑問に思う、定年退職してやっとゆとりのひと時が持てたのに、生まれたばかりの赤子の世話、それをこんな爺に遣れというのか、そうも、言いたくなる、だが俺は由理子を心底愛している。だからどっちみちそれを言われるのは解っている、と解釈したので、「さっちゃんの赤ちゃん、俺は世話をする、彼女はどう思っているのか、それが知りたい」「はい、沙織もきっと喜ぶでしょう。あなたの優しさに抱かれて幸せを感じている筈です。去年から今年にかけて彼女は心身両面で相当苦労してきたわ。ですから私はあの娘を支えてやりたいの。それもみな繁さんの協力がなければできないことです。それでこれは私事ですが、本当のことを言えば、私あなたの子供を産みたかった。でもそれは叶いませんでした。だからっていう訳ではないけれど、あなたも沙織とは一緒にお風呂へ入った仲でしょ、沙織をあなたはどう捉えているか解りませんが、沙織自身は少なくともあなたを肉親と思っています。その娘が産んだ赤ちゃん、それの世話をあなたにお願いするの、それって私の我が儘かもしれないです。でもあなたが前に言っていた、我が儘を言えるのは信じ合える相手だって、だから私はあなたに我が儘を言わせて貰った。ねぇ、私の我が儘を聞入れて頂けますか?」と問われた繁にとって、今言った由理子の言葉は心深くに染み入った。彼女の考え方、そして自分に対するものの言い方が、説得力ある正しさと感じた。彼が今まで辿ってきた人生の中で、心が打たれる場面は数々あった。されどこの妻の気遣いには流石敬服に価する。高坂由理子と懇意になり十一年が経過した。最初出逢った頃は聞き分けのない女と思っていた。それが今でがらりと変わってしまった。そこに彼女の慎ましやかな真情を教えられた。女性は性格的に言えば気が強く意地っ張り、彼女もその通りの気質であった。しかし今の俺は由理子にぞっこん惚れていると、思っていたら、「繁さん、もう十時よ、いつもあなたが寝ている時間ね。こんな遅くまで私に付き合って頂いて有難う、今日はあなたと色々なお話をゆっくりすることができて、本当によかったわ。それで明日は沙織のところへ行き、今私が話したことを伝えてくれます。きっとあの子は喜ぶと思う。そして仕事が終わり次第、私もゆきますから」

言い終わると二人は揃って食事の後片付けを済ませ、入浴をしたのちリビングで休憩して、それから繁の部屋で就寝についた。

朝を迎えた中山家ではいつも通り繁が早めに起きて、キッチンへ入り朝食作りに励んでいた。そこへ由理子が来て、「あなたおはよう、昨晩は遅くまで私に付き合って頂きすみません。それであなた眠くないの」「いや、俺は久しぶりに由理子さんと寝られたから、気持ちもすっきりして、眠気も吹っ飛んだよ」「あら、繁さんたら、朝からのろけているわ」「えへへ、駄目かな」「いいわよ、あなたが私を恋しく思う気持ちはよく解ります。でも沙織がいる時は程々にして、あの子案外嫉妬深いの」「うん、解った。俺由理子さんに従うから」「あら、素直ね。そこが繁さんの魅力かしら」「お褒めに預かり、誠に恐縮です」「うふふ、あなたとこういう会話をすると、時間が経つのを忘れるわ。私たち本当に相性がいいのね」

言うと彼女は洗面所へゆき、身嗜みを整えてから、リビングへ入りソファーに腰を下した。そこへ丁度出来上がった朝食を、繁が運んできて、「由理子さん、お食事をお召し上がり下さい。今日のメニューは、ベーコンエッグにアボカドのサラダ、それにフルーツサンドイッチです」「あら、繁さん、恐れ入ります。いつもあなたが拵える料理を食べられる私は、仕合せ女《もの》」「それは有難いです」「だからっていう訳ではないですが、時々あなたを独り占めしたくなるの、それって私の独占欲？」「いや、そうは思わない。夫婦っていうのは、相手を思い遣る気持ちがあれば、それで十分」「あら、繁さん博学ね」言って彼女は食事を食べ始めた。そこへコーヒーカップに入れた、カフェラテを持っていくと、「繁さん何から何まで私に尽くしてくれる。まるで至れり尽くせりね。何だかお姫様気分になったみたい」彼女は喜んでくれた。繁にすればこれが最高のもてなしである。自分には勿体なすぎる妻、由理子の亭主になれたのが、感激の一念に尽きる。そこで繁も朝食を食べ始めた。二人の語らいはその後も続いたが、長話にならぬよう彼が気を利かせ口数を控えていた。やがて由理子が食事を済ませて部屋に入り、装いの薄化粧をしてからリビングに来ると、「ねぇ、私会社へ出勤します。後はお願い」言ってから彼女は家を出ていった。繁はすぐに食事の後片付けを済ませ、沙織のところへ急いで向かった。

病院へ着いたのは午前九時半を過ぎていた。沙織がいる病棟二階の妊婦専用室へ入ると、ベッドに備え付けのテーブルに膳が載っかり、朝食を済ませたところだったので、「やー、さっちゃん、おはよう」声をかけた、すると、「繁さん待っていたわ、昨日から何もしないから暇すぎて、よっぽど家へ電話しようかと思ったの」「そうですか、それでお産疲れはなかったの」「うんないわ。唯下腹に多少違和感はあるけれど、身体は至って健康です」「それはよかった。じゃー、すぐにでも退院できるね」「そうね、先生が言うには一週間はここにいるみたい」「へー、そりゃ長いね。さっちゃんは早くここを出たいだろう」「うん、そうは思うけれど」言ってから少し不安そうな顔つきになったので、「どうした、何か心配事があるの」聞くと、「だってこれから赤ちゃんを私一人で育ててゆくのよ、それが気になっています」「何だ、そんなことか、心配する必要はないよ、昨夜家内と話したが、これから赤ちゃんの世話、私がさせて貰うよ、もし赤ちゃんに緊急を要する事態が起これば、さっちゃんに連絡してこの病院へ連れてきて、診て貰うから」「繁さんすみません、私はそれを悩んでいました」

繁は昨夜由理子に言われた通りの話を伝えた。沙織にすれば、それは願ってもない助けになる。自分は結婚もしないで子供を産んだ。それがネックになっていた。しかし由理子の勧めで出産したが、それから先のことは何も考えていなかった。思えば十年前、中山由理子と出逢い、そこから繋がれた絆でこの自分を支えて頂き、何の苦労もなく会社で今の地位に就いた。そして自分の部下である、佐藤駿と恋に落ち、彼の子を孕んで昨日出産した。その時の痛みは可なりあった。でも二人がいてこそ自分は我が子を出産できた。これも由理子夫妻がいてくれた成果と思った。その時繁が何か手持ちぶさたの様子で、「あのう、さっちゃん、私に何かできることはないの、何でも遣るよ」言ったので、「ううん、腰がちょっと痛いの、だからマッサージして貰えますか」言われたが、彼としては若い娘の身体を触るのは多少気が引けると思いつつも、昨夜由理子に言われた、（沙織自身はあなたを肉親と思っています）その言葉が頭の片隅に残っていて、（この娘は俺を肉親と思っている、だからそんなことも、けろりとした顔で言えるのだろう）と解釈し、「はい、解りました。それではどの辺を摩ればいいの」聞くと、沙織は彼の右手を掴んで、「この辺を揉んで欲しいの」言って、臀部全体をマッサージするよう指示してきた。繁は横になった彼女の腰全体を両手で揉み始めた。そこから伝わってくる感触は、マシュマロのような柔らかい肌触り感であった。この時繁はふと思った。自分も六十五歳を過ぎこんな若い娘の尻を触り揉みほぐしている。そしてこの娘が産んだ子供を育ててゆく、役目を仰せつかった。だがそれを年老いたこの俺が遣るべきことではないだろう、と思いもしたが、自分が置かれた立場を考えてみれば、我が家で暮らしている妻由理子と石井沙織、この二人に自分は煽てられながら楽しんで暮らしている。それが余りにも滑稽に思えてくる。しかしそれに甘んじていないが、今の自分にとってこの境遇が最も適したポジションと感じる。と思っていた時部屋へ看護師が入ってきて、「朝食は済みましたか」聞いて、テーブルに置いてある膳を下げに来た。そこで沙織が、「はーい」答えると、「あら、お父さんにマッサージされて、気持ちがいいですか」聞かれたから、「うちのお父さん、マッサージがとても上手なの」と応えたら、「それはよかったですね、ではまた」言うと、看護師は部屋を出ていった。そこで繁は一瞬揉みほぐす手を止めた、すると、「あら、どうして、私何か変なことでも言った」問いつめてきたので。彼は狼狽しそうになったが、「いーや、別に何でもないよ」とかわした、しかし繁の胸中では穏やかならぬ動きがあった。この娘は俺を既に父親にしている、それがこうして明らかになりその事実を知らされた。それは彼にとって逃れようがない喜びになる。俺は子供と言える娘など無縁と考えていた。それが沙織の発した一言で、自分がこの娘の父親になれた。そこに嬉しさが込み上げる。そして看護師がこの自分をお父さんと言ったにも拘わらず、それを否定しなかった。繁にはそれが感動を呼び起こす言葉となった。

そこで、「ねぇ、私トイレに行きたくなった、連れて行ってくれますか」言ってきたから、「はい、さっちゃん、いいとも！」気持ちよく応えた。そして繁が沙織の身体をベッドから抱き起こし、置いてある車いすに座らせ、部屋を出てから、通路の奥隅にあるトイレへ行った。すると、「あのう、トイレの中まで入って貰えませんか」言われたので、俺にはそれは流石にできないと思ったが、でも考え直して、「はい」と言って応じた。この時彼の心中には恐らく邪心はなかったであろう、そうなれたのも親心の精神が宿っていたと思える。娘が父親に甘えてくる、それは彼にとって未知の世界だろう。しかし邪念を取り払い、純粋な気持ちになり、この娘子に従う。そこには繁の心理的努力が可なり感じられる。この歳になり肉親と呼べる繋がりは誰もいない。唯戸籍上では妻がいる、でも血の繋がりはない。それなのに沙織は肉親でもないこの自分に頼り付き縋って、父親にした。そこに繁自身は心が通じ合う愛着を感じたに違いない。人の心はいつ何時、如何なる場所においても変化を求めてくる、それが人の心の面白みと言える、繁はこの時、沙織を実の娘として迎え入れる気持ちが出来上がっていた。

それから時間が流れてゆき、繁がふと腕時計を観てみたら、十二時の昼食時になっていた。すると部屋のドアが開き、看護師が食事の膳を持ってきた。それをベッドに備え付けのテーブルに置いてから、「今日の午後二時から、一階の産科診察室で、先生の診断があります」告げてきた。そこで沙織が、「私一人で行くのですか」聞くと、「お父さんもご一緒にどうぞ」答えたので、繁が、「さっちゃん私が付いてゆくから、心配しなくても大丈夫だよ」言うと、「あー、よかったわ、お父さんと一緒ならば、私安心だわ」言われた繁にすれば、心持ちがウキウキしてきた、そこには沙織を実の娘と言える感覚が生じていた。

看護師が部屋から去り、沙織が昼食を食べ始めたら、また言ってきた、「あのう、繁さんを看護師さんにはお父さんって言ったけれど、気を悪くしないで下さい。私は繁さんを本当の父親と思っております。こうして実の娘でもない私に気遣いして頂き、出産に立ち会い、お世話をして貰った。だから身に余る光栄です」言ったので、「さっちゃん、何を言っているの、私だって君を本当の娘と思っている。血は繋がらなくとも十年近く一緒に暮らしている、だからさっちゃんは私たち夫婦の大切な娘です」言い終えた繁には心中に堅く誓った信念があった。沙織を実子とする、それが自らの判断で下した決意である。しかしそれは彼にとって可なり強引だったかもしれない。だが沙織を心から迎え入れる気持ちは既に整っていた、そこで、「じゃー、これから繁さんのことを、お父さんって呼んでもいいのね」と問われたが、でもまだ由理子の承諾も得ていないので、それはまずいだろう、とは思ったものの、昨夜言われた話の内容で、由理子自身も恐らく承知だと、解釈して、

「どうぞ呼んで下さい」答えると、「だったら、繁さんは今度お爺ちゃんになるの、それでもいいのかしら」「えー、お父さんの次はお爺ちゃんですか」「だって、私の子供から見ればそうでしょう」「そうだね、俺もお爺ちゃんって呼ばれる歳になったのか、やむを得ない」「それでも繁さんは老けないで欲しい、私のお父さんだから」「はーい、さっちゃん」こんな和やかな気分になれるのも、自分はまだまだ老け込む歳ではない、そう自らの心に戒めた。「ねぇ、お父さん、お昼ご飯はどうするの」聞いてきたので、「ちゃんとお弁当を持ってきたよ」答えたら、「あら、私の分はないの」問うてきたから、「じゃー、どうしよう、私のお弁当食べます」「うん、半分食べるから頂戴」言われて繁は弁当の蓋にご飯とおかずを半分程のせて、テーブルへ置いてから、「さっちゃんは食欲が旺盛だね、昨日赤ちゃんを産んだからお腹が空いただろう」聞いてみたら、「いいえ違うわ、私お父さんが拵えたご飯を食べたかっただけ、だっていつも食べる料理の方が美味しいだもん」「えー、それはどうして」「ここの病院食は冷凍もので作っているから、あんまり美味しくないの」言われた繁は意気が上がった、（この娘は俺が拵えた料理の味わいをすでに感じ取っている、それは長年ともに暮らしてきた積み重ねの賜物だ）と思った。

　二人は昼食を食べ終わり、時間が多少経過したところで、繁は沙織を車いすに乗せて付き添い、昼食時看護師に言われた、一階の産科診察室前へ来て、通路にある椅子に座り待っていた。やがて沙織の名前が呼ばれて、二人は部屋の中へ入り、女医に産後の診察をして貰ったら、診断結果は良好と言われた。それからすぐに部屋へ戻り暫し休憩して、幾らか時間が流れ気付くと夕方になっていた。繁が暇を持て余していると、人の気配を感じ後ろを振り向いたら、微笑んだ由理子が立っていた。そして、「沙織、ここへ来る前に赤ちゃんの様子を観させて貰ったわ。とても元気そうね、それであなたの体調に変化はないの」聞かれたので、「うん、大丈夫」「あら、それはよかったわ」言ってベッドに寝ている、彼女の顔を見つめ、右手で頬を撫ぜていた。それは沙織を只管思い遣る、由理子の深い情愛であり、慈しみと繁は感じていた。

そこで昼間沙織とやり取りした会話の中身を打ち明けてみた、「今日さっちゃんから俺のことをお父さんって呼ばれた。由理子さんはどう思う」聞くと、「別に改まって言うことではないでしょう。沙織は前からあなたをお父さんと思っているわよ、ねぇ、沙織」「そうよ、繁!お父さん、うふふ」言われた彼にしたら、何だか肩透かしを食らった感じである。しかしながら昨夜由理子から聞かされた話の内容を思い起こせば、それも納得できる、と自らの心に留め置いた。

沙織が話題を替えて言ってきた、「由理子さん、赤ちゃんの顔を観ましたか?」「うん、観たわよ」「それで顔つきは私に似ていますか」聞かれたので、「そういえば、女の子だから、沙織似かな！」「そうですか、私出産する前、病院でエコー検査した結果が、女の子って言われた。でも駿君の生まれ変わりなので男の子と思っていたわ。私としては当てが外れた感じです。しかし女の子でも、立派な大人になるよう、私は育ててゆきます」「沙織、えらいわ、褒めてあげます。それで名前はなんて付けたの」「はい、駿君と私の愛の結晶だから、一文字の愛ってつけました」「うんそれはいい名前ですこと」そこで繁に、「あなたどう思います」問うと、「愛ちゃん、いい名前だね、将来きっと美人さんになって、男に持てるよ」「まぁー、あなたったら馬鹿ね、今から将来の話をしても、どうしようもないでしょう、呆れ返る」言われて可なり気まずくなった。しかしここで取り繕うこともせず、しょぼくれていたら、「ねぇ沙織、愛ちゃんの出生届を主人に任せて、近々区役所へ行って貰うことにします。だから安心しなさい、ねぇ、あなた、お願いしますね」そこで漸く、「任せておきなさい。愛ちゃんの出生届は俺が出しに行くから」胸を張って言い切ることができた。それで彼は面目が立てたのだろう。すると由理子が、「沙織、ここの病院を退院するのはいつなの」聞くと、「うん、お父さんにさっきも言ったけれど、一週間後です」「そうなの、ではそれまで毎日来ることにします。ねぇお父さん」言われた繁は幾分まごついていたが、「はい、お母さん」と答えた、これはお互いの会話を面白可笑しくする趣向である、そこには三人三様の個性が作り出す、質素で味わい深い素朴さが、この家族の心の潤いとなっている。

いつしか夕闇迫る六時になっていた。そこへ部屋のドアが開き、看護師が夕食の膳を持ってきて、「夕食です、どうぞ、お召し上がり下さい」言って備え付けのテーブルへ置き、すぐに出て行った。そこで由理子は沙織を手助けしながら、食事を食べさせてあげた。それはまるで母親と娘の仲睦まじい親子の姿である。それを繁はじっと観ていた。それから暫く経ち、沙織が夕食を食べ終わり、食後休憩をしているところへ、「沙織、では明日来るからね」と言って夫妻は部屋を出て我が家への帰路についた。

家に帰ってきた二人は取り敢えず、リビングのソファーに座り寛いだ。すると由理子から、「ねぇ、あなた、沙織からお父さんって言われた気分はどうなの、感想を聞かせてくれる」「そりゃ嬉しいよ、俺この歳に成るまで、誰からもお父さんって呼ばれたことがなかったから」「それはよかったわ、沙織はあなたに父親になって貰いたいと心から願っていると思います」「だったら俺、沙織の父親になるよ」「そうして頂ける。それであの娘を私たちの養女にしたいの、あなたはどう思われますか」「もちろん、賛成します」「私の我が儘を聞入れて頂き、繁さん、有難う、あなたには本当に頭が下がる思いです。沙織もこれで安心するでしょう。繁お父さん。うふふ」言われた繁は上機嫌であった。それから二人は軽い夕食を済ませて就寝についた。

そして一週間が経過した。今日は沙織の退院の日である。由理子は沙織の退院を手伝う為、職場に休暇届けを出し、本日は休みを取った。由理子夫妻は朝食を食べ終わると、すぐに自宅を出て病院へ向かった。病院へ着いて早速沙織の部屋へ入ったら、彼女は身支度を整え、愛を抱っこして待っていた。そこで二人を観て、「愛は由理子さんが恋しいみたいよ、だってさっきから泣いてばっかりなの、どうしたらいいの」言われた由理子が産着に包まれた愛を抱いてあやしたら、すぐに泣き止んだ。そこには由理子がこの病院へ来ると、ベッドで寝ている愛を可愛さの余り何度となく抱いていた。それが子供心には恋しさに繋がっていたのだろう、それを観ていた繁が、「あれ、このお嬢ちゃん由理子さんが好きなんだ、美味しそうなおっぱいの匂いが恋しいのかな?」「何馬鹿なことを言っているの、あなたじゃあるまいし」言われて幾分気落ちしたが、すぐに気を取り直して、「この様子では、愛ちゃんはお腹が空いているみたいだ」沙織に問いかけたら、「へぇー、この子まだお乳が欲しいのかしら、今朝飲んだばっかりなのに」「じゃー沙織、お乳を与えてみれば」言われて愛の口元に乳房を含ませると、彼女は一心に吸い付いてきた。それを観て繁は一瞬体を交わしそっぽを向いた。そこで由理子が、「あなた授乳する沙織を観て下さい。これが母親の姿です。お乳が出るのは慈悲の表れって私前に聞いたことがあります。生まれたばかりの子供は食べ物を食べることはできません。ですから、母親のお乳が食物となるのです、あなたは分りましたか」「さっちゃんすまない」「別に謝らなくてもいいわよ。それよりも由理子さんの知識に恐れ入ります。お乳は慈悲の表れとは私初めて知りました、赤ちゃんが生まれれば、母乳は自然に出ると思っていました。由理子さん、物知りですね」「沙織、これから愛を育ててゆけば、あなたも母親としての知識は身に付きます。だから自信をもって、子育てをしてゆきなさい」「はい解りました」「それじゃー、沙織、忘れ物はないわね」確認してから、三人は一階へ降りて受付へ行った。そこで、「私が退院の手続きをするから、あなたたちは待合室で待っていて」指示された通り、沙織は愛を抱き、繁は手提げカバンを持ち、部屋へ入り椅子に座り待っていた。

十数分程度経ち退院手続きが済んだ、由理子が二人のところへ来て、「さぁ、終わりました。それでは我が家へ帰りましょう」言って病院前に止まっていた、タクシーに乗り込み、四人は家へ向かった。

タクシーは十分程で自宅マンションへ着いた。由理子が料金を支払いみんなが車から降りて、玄関フロアにあるエレベーターで四階まで上がり、通路奥の自宅前へ到着した。そして由理子がドアをキーで開けて、「沙織、あなたから先に入りなさい」言って、愛を抱いた彼女を部屋の中へ入れて、それから繁が入り、最後に由理子が戸締りをしてから、それぞれがリビングのソファーへ腰を下した。そこで「沙織さん今日からあなたたち親子は私たち夫婦の籍に入るの、養女になる申請書を繁さんが役所に届けに行きます、承知して貰えるわね」言われた沙織にすれば、それは誠に有難いことである、だが自分と娘がこの家を安住の地とする、そこには幾らかの遠慮が生じるが、今更彼女に気兼ねする必要もないと考えて、「由理子さん本当に助かります、私と愛、これからもよろしくお願い致します」頭を下げた。彼女の心温まる好意を沙織は素直に受け入れた。

由理子はこの時点で、沙織親子を迎い入れる決心がついていた。例え血の繋がりはなくとも、それに勝るとも劣らない強い絆が維持できている、それがあったから彼女は自信をもって言い切った。この家にいる三人それぞれは身内の縁が薄い、だから人との繋がりが大事と考え、この決断に至ったと思われる。

それから僅かばかりの時間が流れ、由理子が腕時計を見て言ってきた、「あら、もう十二時だわ、お腹が空いたでしょう。お昼ご飯を食べたら、沙織さん、部屋で横になりなさい」「はい、でも愛に授乳しなくては」「そうね、だったら今のうちに、お乳を飲ませなさいよ」言われた沙織は、その場で愛に授乳を始めた。それを繁は黙って観ていたが、「あなた沙織のお乳ばっかり観ていないで、食事を拵えて下さい」言われて仕方なく立ち上がり、キッチンへ入り食事作りを開始した。程なくして、料理が出来上がり、それをリビングのテーブルへ置くと、由理子が考え深げに言ってきた。「愛ちゃんが加わり、これから新しい我が家がスタートするのね。さぁ、張り切って遣るわよ」
聞いていた沙織は、愛を抱いて誇らしげな笑みを浮かべていた。そして繁が作り拵えた昼食を、三人が会話を交えながら食する、いつも通りの食事会が始まった。

終

著者紹介
白石 醇平（しらいし じゅんぺい）
実　　名　中西正武
生年月日　1950年4月29日
出 身 地　東京都豊島区

やさしさにいだかれて

2023年9月21日　第1刷発行

著　者　　白石醇平
発行人　　久保田貴幸

発行元　　株式会社 幻冬舎メディアコンサルティング
〒151-0051　東京都渋谷区千駄ヶ谷4-9-7
電話　03-5411-6440（編集）

発売元　　株式会社 幻冬舎
〒151-0051　東京都渋谷区千駄ヶ谷4-9-7
電話　03-5411-6222（営業）

印刷・製本　中央精版印刷株式会社

検印廃止

Printed in Japan
ISBN 978-4-344-94604-0 C0093
幻冬舎メディアコンサルティングＨＰ
https://www.gentosha-mc.com/